修白/著

天年

THE LONG LIVING

XIUBAI

作家出版社

目 录

第一章　一生最大的遗憾

陈大爷，男，87岁，肝癌晚期，石油公司退休职工

陈大爷80多岁，年轻时候在大庆油田工作，后来，临近退休之前，他调回土头城。陈大爷有个两室一厅的房子，是石油公司分给他的房改房。他和老伴两个人住，日子过得还算安逸。虽说老伴不是原配的，两个人都有自己的过去，心里记挂的一些事情会不一样，但是，终究生活了近20年，这20年来的日子把他们捆绑在一起。后来，陈大爷的老伴去世，他身体还好，自己一个人生活。早上起来，出门买菜，在街口小店吃点早餐。拎着菜，溜达去附近的公园，看几个熟悉的老街坊下棋。有时，几个打牌的人三缺一，他也算一个进去。基本不来钱，也没有什么纷争。后来，有人提议，来点小钱刺激，每天都有小输赢。

这样的日子一晃几年过去，岁数渐长，记忆力下降，下棋下不起来，牌也记不住。对老人来说，身体的退化有时候是缓慢的，有时候是激进的，陈大爷近来状况大不如从前，前面想起来的事情，一个念头闪现，两秒钟工夫，全忘记了。

一个人过日子，越来越不如从前。有时候，陈大爷去菜市场买菜，绕了一圈买了几个菜，回到家，却发现手里空空如也。回头去菜市场寻找，自己也想不起来菜丢在哪个摊位。只好重新再买一次。过去，他买一些新鲜鱼肉，回家，老伴会烧好了，等他中午回来，两个人一起吃。现在，他看看那些活鱼活虾，也懒得过问。那是年轻人吃的菜，人老了，吃不动了。想吃荤菜，买些烧好的熟食，加工好的面点，米饭也懒得做。一个人好糊弄，买两个馒头、半斤猪头肉，日子也能过得去。

几年以后，陈大爷的身体进一步退化，他已经不去菜市场买菜了。他的女婿患有眼疾，常年在澳大利亚治病。女儿偶尔过来看望他，带一些加工好的菜。陈大爷能吃一周，基本不出门买菜，有时候，菜没有了，煮一锅稀饭，吃两天。米没有了，就下挂面。

看到陈大爷目前的处境，一个人生活下去，实在困难。陈大爷的女儿就跟他协商，百年之后，陈大爷的房子归女儿所有，女儿就跟他一起生活，给他养老送终。陈大爷的女儿带着外孙女搬过来和老人一起生活。陈大爷像过去一样，自己的衬衣、短裤、毛巾、袜子，自己手洗，跟着女儿吃碗现成的饭。洗澡、穿衣、上厕所，也不需要人过多照顾，个人生活还能自理。陈大爷的生活又有了新的内容，每天能看到女儿、外孙女，家里热闹起来，陈大爷不再觉得孤单。

这样的日子过了几年以后，陈大爷的糖尿病日渐严重，每天要打针。早晚一针都是女儿给他打，半年后，女儿要去澳大利亚探亲，就把他送到有医疗康复的养老院。

陈大爷在每家养老院住的时间不长，就要换一家养老院。他生活基本能自理，跟护工也没有矛盾。搬走的理由是嫌养老院伙食太差。老人的饭菜，少盐寡油，日复一日，吃同样几道菜，不见荤腥，天天如此，实在没有胃口。

陈大爷进养老院之前，每天去小红山看人下棋，有些老熟人在一起玩，打个招呼，聊聊天。进了养老院，忽然间与外界隔绝起来。陈大爷不甘心，又没有地方可去。一楼大厅有下棋打牌的人，那些人在这里住了几年，彼此熟悉，年纪差不多，比他小了近乎一代人。他们坐在轮椅里面打牌、下棋，懒得搭理他。跟他年纪差不多的一些同事、邻居，到了这个年岁，各奔东西，没有人到养老院看望他，也没有外面的食物补充。陈大爷很羡慕邻床阿梅家的老人，阿梅总是带着家里做的好吃的到养老院，老人天天能吃到外面的东西，金川锅贴，韭菜虾仁水饺，老人点什么，家里就给他送什么。逢年过节，家里人开车来接了老人去饭店聚餐。陈大爷嘴上不说，心里暗自比较，这样一比，落差太大。陈大爷想，阿梅姊妹是老人亲生的，自己家虽说有儿有女，毕竟不是亲生的，亲生不亲生，人到老了，晚年生活就是不一样。

陈大爷已经住过十多家养老院，比较来比较去，还是这家养老院的伙食相对好一些。这家养老院的院长、主任、医生、护士、护工、老人，每天吃同一锅饭菜。菜就不可能太差。养老院天天中午有荤腥。大荤一份，小荤一份，蔬菜一份，半碗蔬菜汤，饭随便打。陈大爷现在每天的期盼，就是中午能吃好一点，下午还有力气去楼顶的露台晒一下太阳，看看远处的天色。对面楼房的顶楼人家养了鸽子，鸽子在天空盘旋，咕咕鸣叫。天气好的时候，阿梅会把父亲抱到轮椅上推出来晒太阳，这个时候，陈大爷老远就看见阿梅，他眼巴巴看着人家的女儿，想起自己的女儿，陈大爷又伤感起来：阿梅可是没有拿到老人一分钱的好处，房产更不要说，阿梅天天来，阿梅图老人什么，亲生的就是不一样。

养老院的晚上，院长及其管理人员、医生、护士都下班回家。只有少量的值班医生和护士留在养老院过夜。晚上伙食比起中午来，要差一些。有一两个晚上是饭菜，更多时候是稀饭、包子、馒头、芝麻大饼。芝麻大饼是那种发面饼，外面金黄香脆，内里层叠酥软，像大饭店做的精致点心，撒满了芝麻，切成三角形。也有雪菜烂面条，胀满水的挂面，无汤水，除了雪菜的咸味，肚子若是不饿，是吃不下去的。逢年过节的时候，养老院会下速冻水饺。肉饺子，热乎乎的，每个老人都有一碗。

陈大爷在这家养老院安心住下来。他和别的老人不同，他知道自己除了养老院，没有地方可去。这样的结局，他认了，就一直住到死，陈大爷心里明白，他别无选择。

养老院的主要建筑是两栋独立的大楼，一楼大厅的门诊体检部门有连廊，把两栋楼组合成一个院子。院子里有水池，水池立有太湖石，石边长有荷花、金鱼。一些游动的金黄色的金鱼，使得水波荡漾，给了池水一派生机。这里是养老院干净又温馨的地方。医生、护士从这里路过，会看一眼，穿过这个地带，是康复中心。康复中心有不少大医院转来的中风病人，每天由家属、护工送来，年轻医生一对一地进行护理，康复训练。老人的衰老是不可逆的，康复训练只能是缓解衰老，老人的肢体得到被动运动，康复中心有各种器械，帮助老人练习行走。中年人的康复训练是有效的，他们能从这里出去，重新回到正常生活中。

养老院的房间是医院模式的标准房间，南面房间大，住三个人。北面房间小，住两个人。南北两边住满了老人。走廊里到处是行动迟缓的老人，扶着墙边的把手，在缓慢移动。住久了，大家都认识，知道一些彼此的情况，见面打个招呼。每天有人说话，总比一个人孤独地死在外面好。

陈大爷怕孤独，他比其他老人更渴望群体。他觉得，别的老人和他是不一样的，他们无论身在何处，都有自己的亲生子女，他们能像小孩一样跟自己的老伴、子女提要求。比如，阿梅的父亲会跟阿梅说，现在是春天了，梅花山的梅花快要开了。阿梅会告诉老人，梅花山的梅花才星星点点开几朵，等到大面积开放的时候，我们再去。大面积开放的时候，白天全是游人，拥挤不堪，无法驻足。隔几天，老人又会提起梅花的事情。梅花开放是不等人的，阿梅安排好时间，开了大汽车过来，女婿也来，把老人的轮椅折叠起来放进后备厢，老人被女婿抱进汽车，一溜烟，汽车就离开了养老院。但是，陈大爷跟谁说呢？陈大爷家没有人来看他，大家都很忙，各人忙各人的，谁也不会记挂他。

一次，阿梅看陈大爷一个人在房间，哪里也去不了，蛮可怜的。心想，陈大爷拄拐杖，自己能走路，她邀请陈大爷和他们一起去梅花山，多一个人，汽车也能坐下。但是，陈大爷不肯，陈大爷说，我们如果想出去，要监护人和院方请假，院方同意才能出去，院方不会同意你们带我出去的。陈大爷说完，一脸悲伤的样子，他看着阿梅的眼睛，满腔的绝望。他们去看梅花了，他们的生命有春天，他是没有春天的。

陈大爷觉得自己是没有春天的，最重要的是，这个世界没有一个人真正牵挂过自己，不论童年还是老年，他从未体验过爱。这个世界真是冷漠，人就是这样冷漠的动物？一定不是，阿梅家就不是，很多人家都不是，他们都是有牵挂、羁绊和关爱的。

有一年的中秋节，阿梅家来接老人出去过节，陈大爷看到这一幕，心里陡生悲凉，虽然都住在养老院，甚至一个房间，阿梅家的父亲因为家里来人不断，护工、院长都对他们客客气气的。陈大爷注意到，阿梅给过门卫中华香烟，门卫抽了他们家的烟，对一家老小客气又殷勤，总是给他们家预留好车位。

人和人是无法相比的。陈大爷一出生就比别人低一等，这个落差，无论陈大爷这辈子多么努力，都赶不上别人，陈大爷注定要比别人低一等。最难过的是，他比任何人都更孤独。别人独处的时候，可以想想亲人，亲人即使不在身边，想着，念着，心里会绽放出花朵。人的心里有了花朵，便会喜形于色，那脸上有了色的人，生活便是高高在上了。可是，陈大爷独处的时候，他越是想亲人，越是觉得自己没有一个亲人，想谁都想不来。这种孤单，仿佛要把他挤压到一个墙壁的裂缝里一样，透不过气来，陈大爷沉湎在对往事的回忆中。

虽然，养老院这个群体不尽如人意，但是，总比陈大爷一个人落单在外面好。至少，他能在这里见到阿梅这个年轻女人。阿梅家的人，来得川流不息，这个房间，总有年轻女人的声音，阿梅的父亲不愿意讲话，阿梅的母亲则是个热闹人，阿梅母女从来没有低人一等看他的样子。陈大爷像置身在一个虚拟的家庭里一样，看阿梅一家轮番上场，表演，这样的感觉，亲临现场的感觉，无论如何，也比他什么也感觉不到要好，比他一个人孤独地老死在外面要好。

　　童年的时候，陈大爷经历过独自流浪的生活，那种日子不堪回首。他不想只做一个别人家庭生活的旁观者，有时，他想介入，试着跟阿梅聊天，想把自己过去的生活经历告诉阿梅，他的一生已经走到尽头，不能改变什么，也不敢期待什么。活一天少一天，后面的日子会更难。他一个人独自在赴死的路上。就像童年，独自流浪要饭一样。童年，人的身体在蓬勃生长，战胜自然的能力一天天加强，人对未来有了信心，期待着日子变好，人对未知的生活充满期待。老年，没有未来可以期待，身体一天天退化，哪一天，身体的哪个零件不能使用了，喘不出一口气，死亡便是出路。人从子宫里出来，那是一扇幽微的小门。临了，去死了，死亡会是一扇大门？人苦了一辈子，到了这里，就是在奔赴死亡的路上，死亡的门要洞开。生得卑微，死的门要留给他，每个人都要死，他要和每个人一样去死。死亡，是他活在这个世界上唯一的公平。他不希望有来生，他再也不想穿过那道幽闭的小门，如果能退回去，他此生何苦要出来。不要有来生，陈大爷嘴里念叨。

阿梅是个文化人，跟养老院里的其他人不一样，阿梅要是能把他一生最大的遗憾写出来，告诫后人不要像他一样就好了。不然，他死了，就没有人知道他的过去，他等于没有活过。他在找机会，告诉阿梅自己的身世。

一年前，陈大爷还能自己下床行走，拄拐棍，自己到楼顶的露台晒太阳，坐在小亭子里，远远看见阿梅，热情地和她打招呼。后来，陈大爷胸部疼痛，去医院拍片，查出来是肝癌晚期。没有过多地绝望，这么大年纪，各种疾病缠身，已经没有开刀治疗的价值，也没有死亡的过多恐惧。养老院给他一些缓解疼痛的药物，他时常痛苦地紧锁眉头，咬牙，自己和自己抗争着痛，不喊不叫，一个人忍着。他不愿意错过与同屋室友家属打招呼的机会。他在这个世界上没有一个真正的亲人，谁对他好，愿意搭理他，谁就是他生命之途的亲人。

有时候，阿梅走得匆忙，会忘记和他打招呼。那时候，可以想见，陈大爷会有轻微的失落。每次，阿梅来了就忙碌，忙完就走，很少有专门的时间跟陈大爷聊天，聊天的时候，嘴里说着话，手上在不停地忙碌着。陈大爷只听见她的声音，看不见她的脸。陈大爷一直在等阿梅走的那一刻，他仰脸看她，不能错过和她说再见的机会。但是，阿梅行色匆匆，经常会忘记和他打招呼。事后想起，阿梅会后悔，提醒自己，下次去，要把陈大爷当家人一样，走的时候记得和他打个招呼。

陈大爷坚持生活自理，自己的衣服自己泡在脸盆里洗，吃饭的碗筷也自己洗。护工最喜欢遇到陈大爷这样的老人，连洗澡都不要护工操心。陈大爷跟阿梅说，医生说他最多活半年，他已经多活了半年。半年后，陈大爷已经无法去露台散步、晒太阳了。他只能坐在养老院租的轮椅上，他在轮椅上不停地晃动自己的脖子，摇头，叩牙齿，活动手指关节。午睡起床，陈大爷坚持自己穿衬衫，扣衣服扣子，手已经哆嗦，扣半天也扣不上了。

陈大爷的腰像柳叶一样，渐渐弯曲得更厉害了。阿梅看不下去，过去帮他扣扣子，帮他把衣服收拾整齐，裤子系紧。陈大爷先是不肯，后来，到了自己实在无法完成这些简单的动作，他的手窸窸窣窣地在衣服上摸索着，捏不住扣子，扣子滑动，从衣服上溜走，他捉住，再对着扣洞，扣子怎么也不肯进去，扣子真是顽固。他就敞开怀，气得不扣扣子了。天气渐凉，门开门关的间隙有丝丝凉风进来，他咳嗽，又想起来扣扣子，阿梅大步走过去帮他，只能是无奈地接受了阿梅的扶助。

　　直到离开这个世界，87岁的陈大爷都是坚持自己吃完最后一口饭。他吃得艰难，哆嗦着，咬牙切齿的样子。他不仅是肝癌晚期，还有糖尿病、高血压等一系列毛病。养老院根据他的病情，给他做的病号饭，每天一大碗烂面条，一些雪菜肉丝在里面，看到黑乎乎的雪菜，看不到星星肉丝，没有胃口吃，陈大爷强迫自己吃一点，多吃几顿。陈大爷跟阿梅说，人是铁，饭是钢，吃不下也要吃。阿梅想给陈大爷一点外面带来的食物，陈大爷不肯要，他说，我不吃。他不吃别人给他的食物。他觉得自己没有好吃的给别人，要了人家东西，拿什么还呢？白吃人家的东西，怎么好意思，他就坚决不要别人的东西。阿梅有时会给他面碗里放些卤菜，自己家做的无糖的熏鱼，盐水鸭腿，炖得烂乎乎的牛腩。陈大爷推托着，不吃，喉管已经在咽口水，一边咽着，一边推着，藏起碗，不肯要。阿梅非要给，两个人像躲猫猫一样，争抢一只碗。最后，阿梅还是把菜放到他碗里。陈大爷不可能把卤菜再放回去，他知道人家嫌弃他，他得这么多病，谁愿意吃一个病人碗里拣出去的菜，他只好认了，吃了，味道真好，再三谢谢她。

午饭前，穿粉红色护士服的小护士清脆的嗓子，像百灵鸟一样穿过走廊，飞进来：爷爷，打针了。小护士白色的搪瓷盘里，托着粗大的针筒、针头和一大管药水。陈大爷掀起衣服的下角，露出腹部，很快，一针筒药水进入腹部肌肉。

打完针，小护士跟阿梅闲聊，说她母亲只喜欢她弟弟，不喜欢她。她怀疑自己不是亲生的，觉得自己在世界上很孤独，没有亲人。阿梅劝慰她，等你找到对象，结婚就好了，你有了自己的家庭，生了宝宝，就不会孤独了。小护士点头，像踩着滑轮，溜回护士站。她每天都来给陈大爷打针，声音清脆，爷爷长，爷爷短，摸爷爷脸，逗他，一点不嫌弃老人的样子。阿梅喜欢这个小姑娘，有心，送了一支雅诗兰黛口红给她，她不好意思要。阿梅说，在美国买的，不值钱，你拿着，出去玩的时候，把自己打扮漂亮一点。小护士说，我从来不会化妆。阿梅慈爱地说，从这支口红开始，慢慢学会化妆。

有时，家属离开后，陈大爷会独自垂泪。这是93岁的闵大爷告诉女儿阿梅的。阿梅没有见过陈大爷哭泣，但是，闵大爷告诉她，陈大爷经常在夜里哭出声音。阿梅推轮椅带父亲去露台晒太阳的时候，闵大爷还说，陈大爷是同性恋。

陈大爷是同性恋的说法，在阿梅一家流传。家人基本不相信闵大爷的话。但是，闵大爷思维清晰，还能做三角函数，两个老人一个房间。家人和护工离开后，这个房间到底发生了什么，只有两个老人最清楚。房间里有抽水马桶，空调，24小时热水。闵大爷的说法让阿梅无法相信，但老人也不是一个信口雌黄的人。阿梅说，你怎么知道他是同性恋，他结过婚，有老婆。闵大爷笑而不答，坚持陈大爷就是同性恋。每次出门去遛弯，闵大爷都这么说。阿梅问闵大爷一些数学公式，老人一口回答出来，说明老人头脑是清楚的。阿梅要父亲说出陈大爷同性恋的指向、细节，父亲呵呵一笑，一字不吐。

最近，阿梅时常能看到一个70多岁的老妪，衣着光鲜地来看望陈大爷。老妪嗓门粗大，喋喋不休，来了也不愿意走，对陈大爷有说不完的话。闵大爷讨厌她，嫌她吵了他的午睡。他忍了又忍，老妪还是不走，闵大爷忍无可忍的时候，吼出来，别吵了。

这时，阿梅想，要是有一间会客室就好了。但是，目前的状态不可能。每个床位都要大几千块钱，哪有多余的房间给老人做会客室。闵大爷离开房间，估计陈大爷听不见的时候，悄悄告诉阿梅，陈大爷经常哭，等她走了以后，夜里，陈大爷甚至会把他哭醒。陈大爷边哭边自言自语，他伤感，没有亲人来看他。陈大爷一个亲人也没有。

陈大爷在这家养老院的第一年，基本没有亲属来看望过他。后来的日子，接近临终的时候，来看望陈大爷的人多了起来。上午是他的女儿，9点钟左右进门，匆匆忙碌一阵子，吃午饭前离开。下午是他的儿媳妇。陈大爷告诉阿梅，儿子和女儿都不是他亲生的，儿子是侄子过继来的，哥哥在农村种田，哥哥也不是亲哥哥，是养母的儿子。哥哥把儿子过继给他就是为了能申报土头城户口。女儿是老伴和前夫生的，自己和前妻没有孩子，前妻去世后，又娶了现在的老伴，现在，老伴也去世了。

陈大爷平时是寡言的，看见阿梅，却健谈。他说，他这一生最大的遗憾是——他还没有说出来的时候，阿梅脑海里就飞快地旋转他的生活经历——陈大爷告诉过阿梅，他是继母在家门口捡拾的婴儿，刚会走路的时候，就挎着篮子出门去割羊草，如果羊草割得少或是没有割到，继母就不给他饭吃，割羊草就是割自己的饭食。等到兄弟姐妹们都去上学的时候，继母为了省钱，不给他上学，叫他跑更远的地方放羊，割草。

后来，羊长大，卖掉。家里找不出要他做的活计。继母嫌他在家吃白食，平白多一个人的口粮，继母把他赶出家门。他随村子里流浪的汉子去了大庆，在大庆，他四处找活干，饥一顿，饱一顿，找不到活，饿极了，吃过野果、植物根茎，要过饭。十几岁，他成了石油工地最小的工人。现在，陈大爷的退休工资有5000多，在土头城，还有石油公司早年分给他的一套房子，房子已经过户到女儿名下。他到养老院后，女儿把他的房子卖了，添了钱，换了套大的房子。

他告诉阿梅，很多草都能吃，羊能吃的草，人吃了也不会死。他工作以后，再也不想吃野菜，他吃怕了。他这一生最大的遗憾——他叹口气，唉，人生最大的遗憾应该是——他紧锁眉头，在轮椅里摇头晃脑，他在忍受疼痛。阿梅想，人生最大的遗憾就是苦了一辈子，到了该享福的晚年，却得了不治之症。阵痛过后，陈大爷终于对阿梅说，我这一生，最大的遗憾就是不识字，文盲。

看到阿梅惊讶的眼神，陈大爷告诉她，因为自己没有机会上学，是文盲，吃了一辈子不识字的苦。在大庆油田，再苦再累的活都干过，当过先进、劳模，因为不识字，不会写入党申请书，入不了党，提拔不了干部，在公司的底层做苦力，出不了头，人际关系再好也混不上去。跟自己一起干活的同事，没有当过劳模的，干活不如自己，吃苦也不如自己的，都提拔到干部岗位。平时的娱乐只能看看电视，连商店的招牌都不认识。也不会写信。

陈大爷的肝癌查出来的时候已经是晚期，医生说他最多活半年。但是，陈大爷坚持了一年，他跟阿梅说，他还有半年的时间。说的时候，有一点小小的得意，有一点赚了时间的自得。阿梅说，你心态好，豁达，保持好的心态最重要。陈大爷点头，开心地笑起来。这个时候，他的家人出现了，先是他的外孙女来看他。外孙女穿着体面，戴副眼镜，在学校教书。给他买了辣油馄饨，装在一次性的塑料小碗里，一个小小的薄塑料袋拎在手上。陈大爷有滋有味地吃，吃完辣油馄饨，腹部疼得更厉害了。阿梅告诉他外孙女，她外公的病不宜吃刺激性食物。

但是，外孙女还是带辣油馄饨过来，陈大爷继续吃，然后疼痛。后来，他的女儿也来了，隔三岔五地给他带些吃的食物，各种小食品，点心、小面包、旺旺雪饼之类。外孙女靠在床边，陪他说说话。跟阿梅母女聊天，拉家常。她喂陈大爷吃馄饨，陈大爷坚持自己吃，不要人喂，她帮外公把馄饨放在床头支起的木板桌子上。外孙女隔天来一次，每次来都喜欢和阿梅聊天，打听阿梅家里的情况。人生到了这样的地方，床头挨着床头，大家都不再设防，有什么说什么，谁也不会算计谁，给对方添麻烦。他们的家人在排队，等待进入死亡之门。他们愿意给住在一个房间里的老人一些力所能及的帮助。

陈大爷女儿现在天天来，她来了，放下手里的包裹，就去洗手间打热水，给陈大爷洗脸，擦身体，换衣服，两人面对面，不怎么说话。她也不喜欢和阿梅聊天，甚至有点回避阿梅的母亲，阿梅的母亲太吵了，她是来照顾老人的，没有闲情逸致陪阿梅母亲聊天。老人随时会走，早就超过了医生的预期。她不想给其他亲属以口舌之乱。一天午后，她刚出了房门，就看见一群医护人员朝走廊尽头的房间走去。她跟了去看热闹。这间朝北的小病房住着两个老人，一个73岁的老人躺在床上不能动，喜欢看电视，一天看到晚。一个76岁的老人，能动，嫌吵，要关电视。喜欢看电视的老人手上抓着遥控器，不喜欢看电视的老人想关电视，关不了，就去抢遥控器，抢不到，就脱了鞋子，用鞋底抽打对方的脸和头，打得噼啪作响。被前来测量体温的护士听见，拉也拉不开，就跑回护士站，喊了护士长和其他工作人员一起过来，把打人的老人劝到电梯口沙发上。

打人老人的女儿被护士长喊来，做他的思想工作，劝他以后不要打人，嫌吵就出去，到外面走道的沙发上坐坐，下楼玩玩。老人的女儿像对小孩说话一样问他。他不语。女儿又说，你打人，你不对。打人的老人一脸蛮横气息，懒得搭理这些娘儿们，一脸非打不可的神情。女护士，女医生，女儿，老人不屑一顾地乜眼看着她们，就是不肯表态，半天，低头恨恨地说，再看电视还要打。

电梯到了楼层，陈大爷的女儿进电梯。她前脚走，后脚，陈大爷的儿媳妇就从另一台电梯钻出来。陈大爷的儿媳妇是回族，高大白皙，华丽的容貌，很难想象枯萎矮小的陈大爷会有这样美艳的儿媳妇。儿媳妇每次来，给陈大爷洗脚，丰腴白皙的双手搓洗他干枯的脚丫，抱他到轮椅上，去露台晒太阳。抱他去卫生间抠大便，给他擦洗身体，比女儿还要贴心的样子。她做这一切的时候，有种谦卑又神圣的气态。她在寻找机会和阿梅搭讪，对阿梅友好又巴结，她说，他女儿不许我过来，探视老人是做儿女的权利，她能来，我也能来，我来不过是为老人尽点孝道，凭什么不让我来。

阿梅注意到，不论是陈大爷的女儿，还是儿媳妇，她们跟他说话的时候，从来没有喊过他爸爸。爸爸，这个从小就在嘴边、随意蹦跶出来的词，没有从她们的嘴里蹦跶出来过。他们究竟是怎样的两代人之间的关系，她们的亲情是靠孝道还是房产维系？她们不怕脏不怕累，她们比她做得好，但是，她们为什么到现在才来，到了老人临终的时候才出现，她们爱过他吗？她们的内心有过苦痛吗？抑或只是爱他的房产、存款，甚至是老人的抚恤金，在法律上，她们都有继承权。也许，她们都有自己的难处，她们的生活处境和成长过程，陈大爷倾注了心血？毕竟，她们都来了。来了，对陈大爷来说，就是圆满。陈大爷太需要这样的圆满，他最后的日子，儿媳妇、女儿，都来送她，陈大爷深夜不再伤感、叹息。

人老到一定程度，生命又退回到婴儿时期，老人心里什么都明白，却什么都做不了，人，想要有所作为，想自己打理自己的日常，却一天不如一天。人生的迟暮是如此地悲凉，巨大的孤独、无助。尽头是生命的终极地带，人类每天都在朝着这个地带奔赴，生命不过是这样一场悲戚的旋风。什么也没有留下，便是死了；留下什么，便是活着。陈大爷希望自己能留下什么。

婴儿懵懂无知，却在长大，一天比一天健全，蓬勃的生命力冒着热气，奔腾向上，把生之爱传递给亲人、邻里。自然、蓬勃的生命是多么美好！人生，就是一个生命的过程，像棵草，像朵花。凋谢了，只是比花朵的凋谢期漫长，花朵的凋谢有审美的过程。花瓣掉落在桌面，听见"嗒"的一声，轻微的、细小的，却是言之凿凿，像萝莉的小手掌，搭在父亲的手心。花瓣掉落在大地，静谧的大地以宽厚的胸膛承担了她舒坦的身体，寂寥之美。花瓣落在溪流，翻卷，仿佛是花瓣挣脱了花蒂的束缚，获得了欢腾的生命。如果，花瓣掉落在雪地上，那是上天对花瓣的一次庆典，这铺天盖地而来的苍茫世界，唯有花瓣是唯一的美。人的凋谢呢，这个过程没有丝毫的审美，这样的凋谢是多么惆怅，这样的惆怅分明是一场彻骨的绝望。

陈大爷的儿媳妇私下跟阿梅打听陈大爷女儿来探视的时间，尽量不和她碰面。

但是，陈大爷抑制不住自己的喜悦，还是悄悄告诉了女儿，儿媳妇来看他的事情，他希望女儿能跟儿媳妇言和，不要有矛盾，看在他这个临死之人的面上。但是，女儿不高兴了。女儿怪他多事，招惹人，为什么要见她，这么多年，他们一家对你不管不问，现在跑来，是什么意思。陈大爷的女儿碰见儿媳妇就骂，骂她财迷心窍，老头病了这么久都不管，死到临头才来假惺惺作秀。

儿媳妇很委屈的样子，跟阿梅诉苦。说她不想老头的钱，就是可怜老头，人都有父母，过来看看，照护他一下，哪个人不是爹娘养的，老头最后的日子，无论如何，她是要来尽一番孝心的。老头的房子给了女儿，她没有闹过。工资卡也在女儿手上，她也没有意见，她什么都不要，只是尽点孝心。好歹，她也是老头的儿媳妇，凭什么女儿能来，儿媳妇不能来。

儿媳妇再来的时候，就抱怨陈大爷嘴巴子不紧，叫他不要告诉女儿，他不听。其实，陈大爷不是不听儿媳妇的话，他是抑制不住内心的喜悦，儿媳妇对他这么好，他见谁都想说，见到女儿就更憋不住了。

陈大爷后悔，自己没有管住自己的嘴巴。把高兴放在心里，为什么要说出来，分享自己的喜悦并不能给他人带来快乐，相反，制造了女儿和儿媳妇之间的矛盾。他跟阿梅诉苦。阿梅笑他矫情。陈大爷说，他本意是不想女儿跟儿媳妇闹架的，结果，我这个嘴巴子忍不住，都怪我不好，我不是故意的。阿梅劝慰，她们都来孝顺你，你很幸福，没有遗憾，不要自责，要开心才对。

两个女人争着抢着来伺候陈大爷。陈大爷现在不再独自垂泪了。夜里醒来，也不会哭泣。再疼，他忍着。一想到天亮就能见到女儿，陈大爷很欣慰。下午，还能见到儿媳妇，儿媳妇跟他聊聊儿子的近况。陈大爷觉得，自己和闵大爷一样了，原来，自己也是有儿有女的人。他有一种失而复得的欣慰。陈大爷的肉体疼着，精神却是愉悦的，她们都来了，他小声嘀咕，咬牙切齿地忍着痛，嘴角却是咧开的笑意。阿梅一抬头，就会看到他脸上奇怪的表情，大概，这就是痛并快乐着的脸谱吧。这样的日子持续了一个多月，两周后的一天，陈大爷发高烧，送到外面的医院抢救，过了一周，救了回来。陈大爷出院了，女儿和儿媳妇在医院里面碰面，当着陈大爷的面，两个人又吵起来。

她们吵着，争论着，女儿占了上风，儿媳妇退到一边。儿媳妇摸清了女儿的时间表，依然每天过来照顾老人。几天后，陈大爷躺在床上起不来，面条吃不下了，水也不喝。她们没有给他鼻饲，该到临终了，他的心脏开始衰竭，意识模糊。这个时候，他的女儿、儿子、儿媳妇、外孙女，一大家子人都来了，来送他最后一程。同一个病房，医生用屏风隔开了阿梅和闵大爷。阿梅坐在父亲的床边，屏风挡住了对面的陈大爷一家。

医生对陈大爷进行最后的抢救。心脏复苏，没有结果，心脏的跳动渐渐成一条直线。陈大爷在家人的注视下平静地吐出最后一口微弱的气息，离开了这个世界。没有人为他哭泣或是默默流泪。陈大爷的女儿给了护工一个红包，护工给他的脸盖上抽纸。护工脱去老人身上的衣服，换了事先准备好的寿衣。他的嘴巴大张着，护工一手托住他头顶，一手托住下巴，用力推起，反复两次。终于关上陈大爷的嘴巴。一会儿工夫，殡仪馆的车子就来了，两个男人把床单上的陈大爷掀翻到担架里的裹尸袋，裹尸袋的拉链从脚部拉到头顶，裹尸袋用绳子捆好固定在担架上，飞快运到电梯口，有护工按着电梯开关等他们，他们一路顺达，再也不会跟活人搅混在一起。楼下面包车的后车门是打开的，陈大爷连同担架被装进一个铁盒子棺材里。

死亡之路没有任何羁绊——畅达，车后，站着他的一行亲人。车门关上，亲人四散离开。面包车启动，面包车扬长而去。这是陈大爷活着的时候最期待的，能像闵大爷一样离开这里，一个下午，抑或半个晚上，去领略一下外面世界的烟火，他终于得到了这个机会，离开，以无知觉的形式。

护工把陈大爷用过的床单、被套、枕套卸下来，堆在墙角，一会儿送到洗衣机里面。很快，会有新的老人来填补这个床位的空缺。这家养老院入住率很高，要提前预约。

陈大爷的日常用品，牙刷、牙膏、肥皂、毛巾、脸盆等等，被从卫生间收拾出来，护工在楼下，问他女儿是否带走，他女儿说，不带走，所有物品你们自行处理。护工把衣橱里的陈大爷穿过的衣服收拾出来，堆在门口，按惯例，让他女儿带到火葬场烧掉。家属什么也不想带，没有人要陈大爷的衣服，护工只好自行处理。护工留下了陈大爷用过的一床较好的军用毛毯，睡午觉可以盖盖。护工自言自语。陈大爷有一件宽松的羊绒衫，深灰色，蛮新的，虫蛀了几个洞，估计是老人身体好的时候穿的，护工自己留下了。床头柜里吃的食品原包装还在的，护工收拾出来，放在一边。其他护工过来，帮着陈大爷的护工收拾，看看有什么自己需要的，一瓶洗发水，一套没有拆封的秋衣裤，一袋旺旺雪饼，能用的放在一边，不能用的、没有人要的放在另一边。陈大爷橱柜里的东西全部拿出来，分类，大包的衣服，餐具盆碗，洗衣液，被他们清理到电梯口的大垃圾桶。床头柜的抽屉打开了，有一张陈大爷的医保卡，还有一个铝制的饭盒，饭盒里有陈大爷的工作证、退休证，一些针线。护工把这些证件上交到护士长那里，留待以后家属来领。陈大爷在这个世界的痕迹逐渐消失。

阿梅在家族的微信群里留言：今天上午抢救了半天，下午，陈大爷终于走了。阿梅的女儿跟帖：你什么意思？言外之意是指责母亲期待陈大爷早死。阿梅的姐姐出来解释：你妈的意思是陈大爷终于解脱了，"走"比"在"更适合他。人老了，要视死如归。

说第二句话需要拿出决斗的胆量。弄不好外甥女会把她"怼"得血压升高。外甥女伶牙俐齿，以"怼"人、"怼"得人吐血为荣耀，小小年纪，书没有读好，经常站在道德的制高点上教训别人。陈大爷承受生之煎熬，离去是慈悲。她这样的年纪，"怼"起父母来就像只刺猬，她无法理解陈大爷"生"的艰难。

第二章　死不了的人

闵大爷，男，93岁，工厂退休厂医，脑梗

闵大爷跟陈大爷一个房间。朝北，四季不见阳光，但是有空调，两个老人的房子要比三个老人住一起安静一些。开春的时候，天气渐渐暖和起来。养老院传来一个对老人和养老院都不利的消息。医改开始，下个月起，一楼的康复中心收费不能从医保出账。很多在一楼康复中心练习走路的老人，活动肢体的，按摩四肢手指的，都需要自己全额付费。额外增加的这笔费用，一般家庭无法承受。多数老人就放弃了一楼的康复训练，一楼的医生、护士失去工作对象，纷纷自谋出路。

闵大爷刚来的时候，生活半自理。每天上午9点，准时到一楼康复中心训练。他的主管医生是医学院毕业的年轻小伙，安徽人，脾气和善，性格稳重。医生每天耐心地牵着闵大爷的手，让他自己往前走。给他活动腰身、膝盖和膀子。闵大爷嫌累，总是盼着上午的两个小时尽快结束。

医保改革前，康复训练的费用保险中心支付大头，个人支付小头。医保改革后，康复训练不再计入医保支出，个人负担不起，很多加入康复训练的老人到了月底，解除了这个项目。闵大爷的退休工资不足以支付这笔费用。闵大爷家也取消了康复训练，不再下楼。

闵大爷房间隔壁住了一对夫妻，两人年纪不大，七十出头，老头脑梗后，瘫痪住院，老太太心疼他一个人在养老院，怕他孤单，不适应，每天来照料陪伴，往返路途三个小时车程，老太太自己也辛苦，思前想后，自己也办理了住院手续，住进来，跟护工一起护理老伴。老两口一个双人房间，交两份钱。住这家养老院的目的是想帮助老伴恢复身体，重新站起来。医保改革后，康复训练终止，住养老院失去意义。老两口果断出院。类似的情况不少，养老院一下子空出近两层楼来。除了老人，医护人员人人自危，唯恐被炒鱿鱼。本层护士站的护士全部走了。楼下的护士分管两层楼的老人，老人发烧，吊水，家属经常要跑到楼下喊护士。养老院收入跳水下跌。医生护士跳槽不断。一些生意不好的养老院逐渐关门，转行。

不再康复训练的闵大爷轻松了一段时间，身体素质急剧下降。一天下午，他出门去一楼溜达，一不小心，在电梯口滑倒，摔了一跤。养老院的老人身体出现问题，院里都会给监护人打电话，劝转院治疗，这里毕竟不是专业医院。闵大爷被家人转到外面的医院，身体全面检查几天，一套流程走下来，折腾得厉害。两个月后，闵大爷出院，再回来，已经不能下地走路了。

几天后，闵大爷不会吃饭了，侧身面对墙壁，家属和护工不给他翻身，他就面对墙壁一天。不能让老人活活饿死，家属开始鼻饲。养老院一个床位只有两床被子，一床是过冬用的厚被子，一床是夏天轻薄的比毛巾被还要单薄的夏被。春夏之际，天气突然变热，34度，闵大爷还穿着冬天的棉毛衫，厚毛背心，盖冬天的厚被子。护工要换薄被，老伴不肯。闵大爷持续高烧。浑身是汗水，床上、垫被，全是汗水，闵大爷像一条潮湿的鱼，躺在水中。

老伴给女儿阿梅打电话，意思是让她过来。阿梅赶去养老院，医生找她谈话，要她转院，医生说，闵大爷这样的年纪，每次发烧都是难关，很有可能就过不去，大医院有重症监护室、专门抢救病人的医疗设备和检查的仪器。老人发烧要做血液测试，细菌培养，各种仪器检查，判断老人得了什么疾病。有针对性地选择药物，大医院的药物比我们先进几代，呼吸衰竭的时候还能切割气管。阿梅说，父亲就是脑梗，没有其他任何疾病，发烧可能是呼吸系统感染或肺炎，他长期躺着，不起床，痰呛到肺部，用抗生素试试看。

　　医生说，万一不是你判断的病，耽误了抢救怎么办。阿梅说，我父亲有两个女儿，我是妹妹，我跟我姐姐一致达成意见，不给父亲割气管。无论他走到哪一步，都不送重症监护室抢救。

　　医生说，我们养老院用的抗生素是受限制的，你带来的抗生素，我们就不能用，所以，在治疗上，我们的仪器和用药都不如大医院好。

　　阿梅说，我们只是希望他的肉体不要太痛苦，能够减轻他的痛苦，让他平静地离开。各种抢救，靠仪器延长老人的生命是违背自然抗拒自然的，只会给老人带来肉体的疼痛，这种人为的痛苦不希望在父亲身上发生，他不可能回到过去，能站起来，生活自理。他一天比一天衰竭，回天乏术，不要无谓的浪费医疗资源，平添他的苦痛。

医生说，你的意思是不要抢救？阿梅说，要抢救，我带了最新的抗生素，还有镇痛的布洛芬缓释胶囊，化痰用的药物沐舒坦。我的意思是在养老院力所能及范围内治疗，年纪大了，经不起折腾。医生说，好，我们尽量减轻他的痛苦，用物理降温，先用两个冰袋冰敷。

阿梅和医生的意见达成一致后，回到病房。护工告状，说闵大爷发烧的原因是穿得太多。阿梅让护工给老人换衣服，老太太不肯拿衣服，说老人衣服昨天才换的，还没有晾干。阿梅自己去衣橱找衣服，老太太不给找，母女两个各不相让，一个要换，一个不给换，两个人又吵起来。吵得不可开交，护工站在一边，不知道如何是好。

护工退到门口，看见走廊气氛忽然紧张起来。护工转身跑了出去。走廊里传来细碎的脚步声，管理人员、院长、护士，纷纷朝露台跑去，有人从露台往回跑，按电梯门，下电梯。整栋楼出现一派混乱局面，大家纷纷把头探出房间打听发生了什么事情，也有躺在床上不能起来的老人，依旧躺在床上，纹丝不动。一会儿工夫，各个房间的护工陆续被赶回来，回到各自护理的老人病房。

家属纷纷打听发生了什么事情。护工说，有个老太太从露台跳下去，自杀了。人呢，阿梅问。人已经死了。工作人员把露台围观的老人、家属、医护人员，统统赶回楼内。露台的大门，为了保护现场，也怕有人效仿，锁了起来。很久一段时间，露台不再开放。住在北面的老人失去了光照的机会，养老院清洗的床单、被子，挂在走廊的扶手上晾晒。护工和护士在各个房间开始收缴八四消毒液、洗洁精、各种瓶装液体、锋利的物件、剪刀、指甲刀、矬子以及各种能够用于自杀的工具。老太太是喝了八四消毒液后跳楼的。

养老院之前跟老太太催要住院费。她的房子给了双胞胎二儿子，工资卡给了双胞胎大儿子。住院费已经超过一周时间，未付，养老院请她出院。孙子确定了要买的婚房，首付来找奶奶要钱，奶奶正缺钱，住院费尚未交付，奶奶说，钱都给你爸爸拿走了。孙子要钱未着，床头柜，衣服口袋，枕头，四处翻找，不见一丝钱的踪迹，孙子恼羞成怒，在病房把老人暴打一顿，扬长而去。孙子走后，老人委屈得哭不出来，越想越气，万念俱灰，身边也无家属劝慰，护工离开房间的时候，老太太走进卫生间，拿起一瓶八四消毒液，大口喝了。窗口太高，爬不上去，担心死不了，老太太颤巍巍去了露台，露台边缘有花草，花草长在土堆里，老太太看了一眼这些熟悉的花草，爬上土堆，翻过宽大的围栏，纵身坠落。

露台的门封锁了，怕有人再跳楼。跳楼的老人很快被送往殡仪馆。她的床位空出来，从附近大医院的普通病房转来一个刚出院的老人，被安置在跳楼老人的床上。老人的儿子、儿媳妇、侄子、孙子等一大家子人把她送来，指望她在这里能平安度过一段时间。他们在大医院的重症监护室守候了两个月，脑梗抢救过来，在普通病房住了两周，医保规定的住院时间到期，直接转院到这家养老院。

家属办理完住院手续，跟医护人员沟通后离开。去楼下街边的饭店吃顿安稳饭。吃过中饭，大家都松了一口气，想各自回家睡一会儿。家属刚回到家，就接到养老院电话，老人去世了。这一家子想不明白，出院的时候好好的，送到这里，半天不到，人就突然死了？死人的身上蒙了白色的被单，尸体还没有运走。邻床的老太太坐在死者床边，护工推车进来，送营养汤。老人们午睡后，院方发的一碗甜羹，这一天是西米，橘子。邻床的老人平静地坐在死者身边，吃完了那碗甜羹。

家属赶到养老院后，拒绝尸体火化，要求尸检。养老院积极和家属沟通，解释各种突发死亡的可能性，家属不相信老人会突然死亡。拒绝接受养老院的解释，要求调看监控，尸检。家属来养老院，争执了几次未果，最后，把养老院告到法院。养老院炒了这个老人的护工。养老院希望大事化小，小事化了。最终，在法院调解下，进入赔偿程序，赔偿多少经过反复协商，院方和死者家属达成和解协议，获得一次性赔偿20万。这件事情是养老院的秘密，护工传说的赔偿数据并不可靠。

坊间传说，有些护工专门在各大养老院之间跳槽，跳槽之前会弄死一个没有反抗能力的老人，通过丧葬一条龙服务介绍，拿回扣。给死人擦洗身体、穿寿衣等，都有红包。搞死一个老人，抵一个月工资。

护工对闵大爷老伴说，以后闵大爷的丧葬一条龙服务，由他来推荐商家，他打电话，商家会给他回扣。阿梅听说后，劝母亲不要搞这些烦琐的礼节，被人忽悠，像小丑一样表演。母亲同意她的观点。

阿梅吩咐母亲给父亲喂药的剂量，写在药盒子上。父亲现在是鼻饲，喂药简单多了。她把父亲的被子掀起来，查看他的身体有没有褥疮，被子里一股浓重的汗馊味袭来，父亲的棉毛衫全部湿透了，毛背心都是湿的。护工说，枕头都是湿的。果然，枕头全部湿透了，连气垫床都是湿的。

阿梅要给父亲换衣服和被子，枕头也要换。护工说，今天换了枕头还是会湿，明天就没有换的。阿梅说，不能让老人睡在汗水里，正常人都受不了。护工说换了也没有用，枕头就一个干的。阿梅打开橱柜，找到另一个枕头，自己给父亲换了。母亲拒绝给父亲换衣服，她说前两天才换的衣服，一会儿，你爸爸自己会焐干。阿梅坚持要把湿透的衣服换下来。

母女两个在病房又吵起来。一个坚持湿衣服可以自己焐干，一个坚持换干净的衣服，换薄被子。母亲气呼呼地把夏被抖出来给她看，你换换看，这个被子像纸一样薄，冻死你老子。养老院的夏被太单薄了，拎在手上，像片云。

自从医保改革后，不少老人离开了养老院。中年人脑梗后，来康复的也转到了其他更专业的能报销的医院。养老院走了不少人，重新做了调整，闵大爷被调到南边的房间，三个老人同居一室。阿梅用手小心翼翼地去触摸邻床老人的被子时，邻床的程大爷很敏感，试图转过身来看她，却动不了。程大爷的被子是薄的，护工说，是他自己从家里带来的。

闵大爷刚来的时候，生活自理，还能自己洗衣服洗澡，老伴和阿梅每周过来看几次。跌一跤，送到大医院抢救两个月，回来，就躺在床上，不能动弹。话也不说了。

以前，闵大爷刚来的时候，看到程大爷的女儿小程，喜欢接近她，给她搭脉，拉她手，拍她后背。当小程在衣橱摸索着给程大爷找换洗衣服的时候，闵大爷走过来，整个人贴着她后背。拍她腰肢，要给她搭脉。闵大爷见人就要给人搭脉，评说这人的身体状态，这层楼的护工都被他搭过脉，他已经有点老年痴呆。

以前，家人不在的时候，闵大爷一个人，无聊了，就把抽屉里的铝制老饭盒打开，把里面的电池、钥匙拿出来，数数，摸摸，再放进去，百宝箱一样，用报纸包了几层。小程对闵大爷是反感的，她想告诉阿梅，又觉得老人可怜。现在，看到老人躺着翻不了身，总算安静地躺在自己的空间里，不再骚扰别人，小程松了一口气。

什么时候，人才能懂得尊重别人的身体。人要到了这样的动不了的时候，才不会以各种理由触碰别人的身体。小程去别的国度的时候，很少被人碰到身体，但是，在自己的地方，到处都是可以随便找个理由和借口就去碰撞别人身体的人。电梯里，别人怀抱里的孩子，素不相识的人，伸手就去掐孩子的脸蛋，以示喜欢，喜欢的一次表达是建立在别人被骚扰之上。每一个生命都是平等的，每一个生命什么时候才能真正地平等?!

杀死老人有各种方法，最好的方法就是阿梅母亲惯用的伎俩。在天气转热后，给不能表达和反抗的老人以爱的名义盖冬天的厚被子，穿厚衣服，热得发烧，高烧不退，睡在潮湿的汗水里，脱水，高温，衰竭而亡。小程这样想。她想提醒阿梅，但是，她怕惹事，阿梅母亲够凶的。

闵大爷的命真大，多少次，就是不死，阿梅暗自庆幸。但是，母亲和她想法相反。母亲天天去养老院陪伴父亲，她做一些面子上的事情。骨子里，她希望老伴早死，活到这么大年纪还不死，还天天要她陪伴，她的生命是有限的，她常常在两个女儿面前诉苦，不要哪天把我拖死掉，他还好好的。两姐妹就说，你不需要天天来，这里有护工，我们也会轮流去。但是，母亲不依，她坚持天天去，她自己也不知道为什么，去了，又盼他早死，天天在老伴面前谈论死亡。谈老伴的寿衣在哪里买便宜，骨灰撒到哪里，要不要买墓地。

老人怎样死亡痛苦最小，没有这方面的资料。也没有人愿意去触碰这个棘手的问题。每个人都要死去，像出生一样正常。但是，有能力的人不愿意去触碰这个话题，想要触碰的人已经到了自己的日常生活都无法掌控的状态。

记得一个大饥荒报告的作品里写过，大意是饿死的人承受的痛苦不亚于受刑的人所承受的痛苦。饥饿的人先是消耗身体的脂肪，等肌体脂肪消耗完之后，开始消耗内脏的脂肪。这样的消耗，是疼痛的。

老人衰老后的死亡是这样吗？闵大爷的思维是清楚的。为了证明这一点，他会积极配合阿梅的提问，告诉她，你是我的女儿，你很有孝道。老人清醒一会儿，糊涂一会儿，有时，他把程大爷的女儿当阿梅。

老人要怎样去死才没有痛苦，对于一个身体没有任何毛病的人，怎么才能没有痛苦地死去，是阿梅苦恼的事情。阿梅时常在网上搜索无恙的老人，怎样去死，才没有痛苦。她找医生探讨过这个问题。医生向她描述各种脏器衰竭后的死亡过程。这不是她要的答案。没有人能帮助她。不能像其他家庭那样，把老人活活饿死。回家的路上，阿梅也开始祈祷父亲早点离开，不要有痛苦。平静地睡去，像那些圆寂的和尚。为什么那些圆寂的和尚知道自己的死期？和尚圆寂之前，肚子会饿吗？会有痛感吗？人投生的时候，没有任何感觉，只知道哭。死的时候，该是也没有任何感觉？只是一心死了去。

阿梅暗自思量，如果父亲走了，母亲一个人会轻松吗？她会解脱？父亲年轻的时候，家里每周会有红烧肉、蒸香肠、红烧带鱼，母亲把所有好吃的都塞到父亲的碗里。她们姐妹刚伸筷子，母亲的筷子就打过来。以至于她结婚后，才第一次吃到猪肉，然后，吐个干净。她的胃从来没有消化过猪肉，过敏，吸收不了，只是很少几根肉丝炒腌菜，都反胃，吃一次肉，吐一次。婚后多年，嫁到婆家，才慢慢适应吃肉。

母亲对父亲照顾得细致有加，父亲的洗脸水、洗脚水，母亲喊两个女儿轮流打，轮流倒。阿梅记得小时候出去倒洗脚水的时候，脚盆靠在胸口，两只小手紧紧握住盆边，走慢了，她实在端不动脚盆，走快了，水会溅到衣服和脸上。出大门倒水的瞬间，马路上黑乎乎一片，来往的路人匆匆而过，她把水泼在路面，掉头就往家跑。没有月光的漆黑的夜晚，她要仔细察看路上有没有行人，有时候，会有路过的行人，直到她确定没有行人走过，她才敢泼水。每次倒洗脚水，两个小孩都格外恐惧，一个跟在另一个后面，望风，壮胆。对黑夜的恐惧一直伴随了她们成人后的一生。大人总是喜欢用鬼怪来要挟小孩，把小孩控制在他们虚构的魔法中，阿梅就这样磕磕绊绊地不知道给父亲端了多少次洗脚水。母亲还会吩咐两个年幼的女儿给父亲捶背，搓洗毛巾。父亲的灰指甲就是这样传染给老大的。

阿梅回忆，大姐出生的时候，母亲才18岁，阿梅出生的时候，母亲20岁。她们四五岁的时候，母亲才二十多岁，母亲想在父亲面前摆显出她在家为女王的仪态。事实上，母亲在家也一直在行使女王的职权，两个年幼的女儿就是这个家庭的仆人，母亲绝对不会让渐渐长大的她们占据主导地位，母亲要把她们贬到仆人、女奴的地位，以确保她自己永恒的母后皇位。那个时候的父亲应该是很年轻英俊的，父母亲年轻到还不知道舐犊之情，他们当着两个小孩的面调情，宣泄年轻的荷尔蒙，两个小孩就是他们享乐的道具、序幕。等他们的游戏进入实质状态的时候，两个小孩已经熟睡得像小猪一样。有时候，睡在一张大床上的阿梅会被晃醒，早上起来，会看见屋子的中央，有一盆洗脚水，有肥皂泡沫泛在上面。阿梅晚上给父母倒过洗脚水了，怎么夜里，他们趁小孩睡觉的时候又洗脚呢？这是阿梅想不通的问题，当然，阿梅有很多问题需要思考，这个小问题很快就被她抛之脑后，随着年龄的增长，当她成为母亲之后，这些问题重新得到了答案。

现在，阿梅给父亲洗脚的时候，戴了一次性手套。母亲讲，还是老大孝顺，她给你爸爸洗脚从来不戴手套，她一点都不嫌弃你爸爸。阿梅想，她已经被你们传染上灰指甲，你们还要我也传染上。母亲在偷换概念，讲究卫生和孝顺是两回事，母亲拿这些伤心的往事来说事，她对过去的无知，没有一丝的反省，对老大传染上灰指甲没有愧疚，反而以孝道来掩盖自己的愚昧、无知，直到现在，还在以孝道之名来加害阿梅。阿梅憋了一肚子气。

母亲年轻的时候，总是在家说一些别人家的故事。比如，别人家的孩子吃得多，为了省钱，那家的妈妈就把蚯蚓晒干了，磨成粉，给自己家的小孩吃。小孩就会肚子发胀，吃饭就少了。

那年，母亲在两个女儿面前频繁诉说蚯蚓故事的时候，阿梅开始腹泻，阿梅已经长大了，有了工作和收入。腹泻，吃什么，拉什么。阿梅用自己的钱到职工医院看病，吃了各种止泻的药物。刚刚好起来，又腹泻。医生说是菌痢，吃了治疗菌痢的药物，好起来，能喝点粥，又腹泻。最后，医生都无可奈何了，给她开了一种黑色的吸炭，吃了还是腹泻。她瘦得像吸毒的人一样。一双黑白分明的大眼睛深陷在眼眶里，看人的时候，仿佛随时要掉出来。皮下几乎没有脂肪，月经停了一年多，难得来一次例假，肚子疼得在床上打滚。去看妇科，妇科医生问她的第一句话就是：有男朋友吗？没有。

没有男朋友的治疗方法，省去了一切西医的检查。医生给阿梅治疗，完全是中医疗法。和善的女医生问她多大年纪的时候初潮，停经多久，一一写到病历上。医生让她脱了鞋子躺在床上，摸摸腹部，双手按压，没有脂肪的皮下，似乎能摸到子宫的外形。疼吗？放松，女医生温柔，你的肚子是软的，没有问题。女医生给她开了一大包中草药，阿梅当然不敢把药拿回家，阿梅把药给后院的邻居大妈，邻居大妈给她熬药，熬好，倒入碗中，捏着她鼻子，让她一口喝下去，最后，再舀一勺绵白糖，给她甜甜嘴巴。

　　喝完药，后院大妈没有让她走的意思，她就留下来。大妈跟她聊天，把她年轻时候穿的旗袍从箱子底部一件件翻出来给她看，阿梅羡慕极了。她第一次知道，女人还可以穿这样漂亮的裙子。大妈让她站到床上，换上那些旗袍，来回走给她看。阿梅习惯性地佝偻着胸脯，大妈说，挺胸，不要驼背，女孩走路要把胸脯挺高。大妈又去屋角抬另一只箱子，打开箱子，除去上面的几层老布旧衣，箱子的下面，露出一片明丽的颜色，像一只只鬼魅的蝴蝶要飞出来，比花朵还要艳丽。阿梅惊呆了，箱子底下全是她从来没有见过的绸缎旗袍，世间竟有如此娇媚的衣服，仿佛不是这个星球的颜色。这些旗袍穿在身上，完全凸显出女人的身体线条，女人怎么能穿这样妖艳的衣服，阿梅既羡慕又惊讶，原来，大妈家还有这样美妙的衣服，阿梅的嘴巴和眼睛一样瞪老大。大妈让她再穿上这样的旗袍给她看看，她穿了一件又一件，地面的空间很小，大妈让她在她的大床上走来走去，大妈看得痴迷，去揉眼睛，喃喃细语，说的是苏州话，她也听不懂，就看见大妈的眼睛红了，眼眶潮湿。临了，大妈说，你太瘦了，瘦得一点胸脯都没有，回家要好好吃饭。

大妈用苏州话告诉她，别看我现在胖成这个样子，年轻的时候，也是苗条的，不过，你太瘦了，瘦得屁股像张薄饼一样，真瘦。阿梅回家的时候，大妈叮嘱，不要一只手端很重的东西，手指会变得粗大，指关节变形，一次端不动的水，分两次端，小姑娘要爱惜自己的手指。最后，大妈说，不要跟你妈讲，我年轻的时候是舞女，在上海百乐门大舞厅跳舞，那个时候，我比你妈漂亮多了。阿梅说，你现在也比我妈漂亮，我妈从来就没有漂亮过，她一生出来就是老太。

阿梅的单位组织献血，她体重38公斤，不够45公斤。持续了近半年的腹泻，还是说来就来，一泻就把阿梅泻空了。阿梅身体里空荡荡的，双手扶在桌子边上。母亲说，你这个病秧子，活不久了，你死出去，不要死在家里，害我给你收尸。阿梅被母亲赶出家门，流落在街头。她小时候被赶过，那个时候恐惧极了。现在，她不怕了，她有主意。她去单位申请了集体宿舍，吃饭就在单位的食堂，吃馒头、包子、发糕，还有炒菜，比家里的伙食好多了。她不回家住，不给母亲交伙食费，在食堂吃了一段时间，腹泻不治而愈。

是母亲嫌她吃得多吗？母亲给她吃了蚯蚓？那半年不能吃一口米饭的记忆太深刻。像父亲一样命大，没有死掉。为什么那个年代的人这样轻视一条生命？哪怕是自己的亲生骨肉。她们连自己的亲生孩子都不爱，只爱自己的身体，爱自己男人的身体，当男人的身体丧失力量以后，不能动弹，无法言语，吞咽也不会，真是成了母亲的负担，母亲就想甩包袱。一点悲悯都没有。像当年，把她赶出家门一样。母亲就像一个没有灵魂的动物，连动物的舐犊之情也没有，父母这一辈子，除了做力比多的俘虏，就是这样浑浑噩噩过来了。阿梅这样想的时候，却觉得自己残忍。

她去商场给父亲买春天的被子。被子都是大的，厚的。小的像球一样蓬松，五孔被，七孔被，九孔被，工厂流水线膨胀的机器味道。营业员听说她给养老院的老父亲买单人被子，都推荐一次性的便宜的。她找蚕丝被，轻薄暖和，价格也贵，节省成习惯的母亲一定会趁她不在，换下来，父亲还是盖不成。

最终，她在自己家的衣橱里找到一床薄薄的棉花胎，蓬松的柔软的棉花，是父亲喜欢的被子。真是不可思议，家里早就没有这样的棉花胎被子了，好像就在衣橱的门口等着她，如果，她不去翻衣橱，真是罪过，以后会后悔的。这是上天呈现给她的意外的礼物，上天要成全她给父亲换一床春天的被子。她连夜赶到养老院，给父亲换了被子。她现在所做的一切都是为了内心的安宁，为了以后自己衰老的时候不要后悔。而母亲做的一切，都是为了给世人看的。母亲这一代人活在世人的眼光里。她要活在自己的良心里。

母亲说，你换被子做什么。言外之意是父亲活不了几天，还要糟蹋一床新被子。阿梅说，新被子不是买的，是在家里找出来不用的。没有花钱。

母亲说，你自己留着以后会用到的，他用过了，就没有用了。阿梅说，他用过，我再用，我不会嫌爸爸的。

闵大爷不知道吃了什么，只有老伴知道，老伴天天陪护在养老院，给他鼻饲。闵大爷持续不断地腹泻，什么也不能吃。一吃就会把床弄脏，不能睡在大便上。水也不给喝。除了鼻饲药物，闵大爷熬了一周，腿浮肿，手浮肿。在清明节过后的一天，喉管开始咆哮，午后，喉管发出嘭的一声，眼睛翻了一下，一口气堵在胸口，憋死过去。

　　护工打电话，喊丧葬一条龙的人过来。阿梅和这个人几乎同步到达。这人在现场指挥护工给闵大爷换他带来的寿衣，闵大爷生前一米八几的高个儿，骨架魁梧。这个人说他带的是大号寿衣，大号的寿衣怎么也穿不下。闵大爷的嘴巴大张着，折腾半天，穿不下，身体又重，把他扶坐起来穿，套上左膀子，右膀子够不着袖子。一条龙服务的人手里拽着衣服，两个护工松了手，闵大爷重重跌倒在床上，胃里鼻饲的食物从嘴里喷出来，喷得一头一脸的，护工便拿了床头柜上的一沓抽纸，堵在他张开的大嘴巴上。一个堵嘴，两个穿衣服，一条龙拿着衣服，四个人忙得一头汗，最后是把衣服的后片放在胸口，反过来，把两只膀子塞进去，再给衣服翻个身，折腾半天，才把衣服穿好。两个老妪前后过来围观，碍手绊脚的，阿梅把她们劝出去，送到走廊，把门关上。她们回到自己的房间，屋子里的人太多，阿梅让母亲站到门外等，没一会儿，老妪又跑出来，扒在门口的玻璃上探头探脑。老妪把阿梅母亲挤到了门边，本来是母亲踮着脚，透过玻璃观察里面的动静，现在，两个老妪把她挤在一边，母亲又挤过去，三个老妪挤来挤去朝里观望。

房门打开的时候，所有扒在房门玻璃上围观的人，四散开来。闵大爷的身子骨太重，两个护工以及殡仪馆的两个壮汉，四个人抬了担架，把闵大爷抬走。殡仪馆的车子离开养老院之后，阿梅姊妹跟母亲商量给护工红包的具体数字，这一次，母亲没有跟她们吵架，按照姊妹两个的建议，分别付给三个护工同样金额的红包。在办理闵大爷的丧事期间，母亲不再教训阿梅姊妹，一改往日的做派。

平常，她见了两个女儿，不是咒骂她们就是抱怨闵大爷，不听话，捉弄她。在阿梅姊妹的记忆中，母亲从来没有对她们心平气和过一次，她的情绪始终处在巅峰中，特别是她们的童年、少年、青年时代，母亲想着花样整蛊她们。母亲讨好两个女婿，分别告诉两个女婿闵大爷的一点隐私，叫两个女婿不要告诉阿梅姊妹，母亲的嘴巴像涂了蜜汁一样地不停地赞美两个女婿，在女婿面前虚构女儿的瑕疵，挑唆他们夫妻矛盾，给他们小恩小惠，今天塞一根烟到大女婿手里，明天塞一个板栗到小女婿手里。一会儿给大女婿打电话，以闵大爷喝醉了的名义，要大女婿马上过去，过去也不能改变什么，闵大爷睡得正酣。小女婿更是紧紧抓在手上不放，以致阿梅心里厌恶极了，母亲甚至当着女婿单位来奔丧的一群小伙子的面，扭动着腰身，指着自己家鱼缸里的金鱼，翘着兰花指问他们，这个是什么啊，这个还能吃啊，阿梅看见恨不能钻地洞。

客人走光以后，母亲就瘫坐在沙发里，抱怨膝盖疼啊，胸口闷，她们要带她去医院，她又不肯，不断往两个女婿身边靠、怀里钻，恨不得他们把她搂在怀里，像安抚婴儿一样安抚她。真是丢人，上人，没有个上人的样子，阿梅姊妹很是沮丧。

终于到了下葬的那天。墓地上，母亲号啕大哭，阿梅觉得她在演戏。母亲点火，烧纸，哭得伤心欲绝。阿梅说，留一点纸，烧给大姑妈，阿梅的大姑妈是去年年底去世的，那时，她在美国游学，没有赶上，她跟大姑妈视频，说了一些告别的话。大姑妈的墓地和父亲在一起。母亲不肯留纸钱给大姑妈，母亲说，不是你买的钱，她收不到。在众人面前，阿梅被母亲抢白，有些尴尬，她没有说话，也没有流泪，更没有像母亲那样号啕大哭。母亲嘀咕，骂她，该死的，心毒，你爹死了也不哭。

后来，阿梅一个人买了大捆沉重的冥币，一个人到了父亲的墓地。先是给爷爷奶奶烧纸，看看墓地四下无人，边烧纸，边和奶奶对话：奶奶，我在梦中看到你用红木家具，你给椅子抹灰，奶奶过得不错吧，奶奶收钱啊，买萝卜豆腐做卷子，奶奶，想买啥就买啥，我会给你钱的，奶奶，收钱吧。然后，给爷爷奶奶叩头，求保佑。

又去给父亲烧纸，她说，爸爸，这里凉快，不会再热了吧。下次找对象，要找一个真正善良的女人，不要找嘴巴善良心毒的。爸爸，你这一辈子就是老实，看不清一个女人的真面目。还记得你最喜欢唱的歌吗？我唱给你听，田野小河边，红梅花儿开——你年年都要到梅花山看梅花，今年的梅花，我给你带来了，阿梅把梅花的枝条，插在小花瓶，供在墓碑前。这个天的梅花已经谢了，枝条只有绿叶，没有花朵。唱到"真是我心爱"的时候，她眼角潮湿。她靠在墓碑上，墓碑下面是大理石板，板材下面放着父亲的骨灰盒，这是爸爸住的地方，爸爸一个人，再也不用听母亲恶毒地咒骂他了，现在，整个墓地，只有她和爸爸两个人，他们父女在这里相聚了。

　　她尽情地跟父亲说一些心里话，她对母亲的看法。现在，天空辽阔，大地静谧，墓地的大理石像电影院的椅子一样排列着，这些人生舞台的表演者，神赋予过的皮囊、思维、语言，终于以观者的姿态安息了。终有一天，他们将从地表有序的归位中回到无序的泥土中，成为大地一粒微不足道的粒子。已经没有什么有形的意识能阻止她说出这些话，父亲刚到养老院的时候，跟她忏悔过，他说他年轻的时候，对她们两个小孩关心不够，她离家出走的时候，他也没有出去找过她，不知道她住在哪里，一个姑娘在外面怎么过的。特别是她小时候，还在上小学的时候，母亲骂她，号叫，父亲下班回来，不问青红皂白，上去就用板凳砸她的腿。她走路不稳，是不是那次被他用板凳砸坏的，她好几天没有回家，现在，回想起来，真是对不起她。父亲坐在养老院的轮椅上，骨节粗大的双手蒙住了眼睛，鼻腔有抽泣的液体。她原谅了父亲。伸手，握住了父亲的手。她说是母亲撵她走的，不是她自己要离开家。她最怕母亲赶她走，她没有地方睡觉，没有吃的，街上来来往往的都是不好好上学的在外面打架的高年级学生，她不想跟他们入伙，他们跟踪她，她躲在学校的女厕所，就在女厕所过夜。真饿，没有吃的，她跑到小学校的垃圾堆，翻找吃的，大家都穷，也翻不到什么能吃的。夜里，跑到农民的菜地偷萝卜吃。一天晚上，大姑妈养的猫咪跑到学校对面的工厂食堂，偷了一根香肠，用嘴巴衔着，一路飞奔，跑到学校的小河边，丢给她。她在河边拣了一些树叶、树枝，去后院大妈家借了一盒火柴，谎称生煤炉用。她点燃了树叶，架上树枝，把被猫咪咬了一口的香肠丢进火里，树根附近的洞穴有冒出头来的知了，大树上的知了在夜晚也会掉进火堆里，知了的肉烤熟以后，白白的，一丝一丝的，真香啊。爸爸，她握紧他的手指，你吃过知了肉吗，很好吃的。闵大爷抬起头，眼睛是血红的，他注视着阿梅说，对不起你们两个小孩，我那时候糊涂，现在真后悔。父亲抬起手背，像小孩一样蒙住眼睛。

阿梅用父亲的洗脸毛巾擦亮墓碑，墓碑上有父亲的照片，笑着，掉了门牙。照片镶嵌在大理石墓碑上，阿梅和姐姐的名字、夫婿的名字、孩子们的名字依次雕刻在墓碑上，父亲的名字描了黑色的油漆，其他的人都是红色的油漆，阿梅把父亲的陶制照片擦干净，望着父亲说，爸爸，还记得你用绳子把我捆起来，不让我去学校参加高考吗？我那个时候在快班，成绩遥遥领先，梦想能去远方上大学。但是，你听从母亲的心愿，不让我高考，让我去家门口的技工学校。技工学校毕业后，我在车间做车工，每天搬运那些沉重的机器零件加工，我最好的年华都为了每月三十八块钱到四十六块钱的工资，像男人一样做苦力，做了十年的车工，工资悉数交给母亲，母亲觉得这几千块钱勉强够她养大我的费用，才同意我结婚。你与母亲结婚组建的家庭，父母子女的关系就是索债和偿债。婚后，我终于有了机会去大学里读夜大，我是多么羡慕那些上大学的孩子，我没能上正规大学，这是我一生的遗憾。我什么时候结婚，什么时候生小孩，你都不知道，你这一生都做了什么？来生我们不要做父女。我不记恨你，爸爸，一点都不，相反，我觉得你很可怜，一辈子被一只无形的手操纵，从来没有挣脱过，做回自己，你不知道人生为何而来，为何活着，当你明白的时候，你已经待在养老院里忏悔。做你的女儿很累很辛苦，你没有爱过我。老年，在养老院的日子，你会反思过去的日子，你忏悔，但是，一切都已经过去。

爸爸，我说这些，是为了让你知道，你年轻的日子过得多么昏庸，在家庭生活中，你就是一个昏庸的暴君。母亲，我不想说她，她的存在，是我痛苦的根源，我一生都不幸福，摆脱她并感到幸福是我后半生要做的事情。现在，你已经睡到这里，不再需要我操心，再也没有人能阻碍我远走高飞。世界那么大，我不能被你们禁锢一生。我太压抑了，我要叛逆一下，做回自己，我要去意大利流浪，去曼哈顿42街纵声歌唱，乞讨，想做什么就做什么，哪怕只是一天，我要去做我想做的事情，能让我忘记痛苦的事情。

为什么我一回家，一看到你们就倍感痛苦，你们不停地吵架，争执，抱怨，我备受指责，训诫，当我冲下楼，离开你们的时候，电话又追得我不休，我一生都在还债，现在，还清了，我要走了，去远方，永远不要见到那个女人，那个你以为她善良的女人，你花了一辈子的时间才认清的女人，死了，她还要过来睡在这里，这是你自己选择的生活道路。这就是你从来不会思考的结果。

爸爸，我不恨你，我原谅你所有的过失和粗心，我知道你心地善良，你以为别人也像你一样。所以，你失去了思考的能力。当那个女人把通红的火钳插进姐姐的大腿间，烫得她皮开肉绽、冒青烟的时候，你没有阻止，而是扑过去，帮着那个女人，按住了挣扎中的姐姐。你听从她的指令，把你的有灰指甲的臭袜子塞进姐姐嘴里。你对女人无来由的服从就是为了夜晚力比多的释放吧，你英俊的躯体活得像野兽，人类的爱与悲悯在我们身上很少释放。成年后的姐姐的背后烫得像花蛇的纹理，导致她从来不敢去公共浴室洗澡。夜晚，当你和那个女人行床第之欢的时候，你知道姐姐疼得把拇指都咬破了吗，她死的心都有。所以，不要抱怨姐姐不常来养老院，她不欠你，我也不。我来，只是觉得你可怜，即便你不是我爸爸，是叔叔、伯伯，我也会来。爸爸，我还会来看你的，虽然，我们的父女情缘已经了结，我会来看你的，在那个女人过来之前。

爸爸，我以后会带姐姐一起来，让她告诉你她内心的苦痛，她总是幻想自己是孤儿，她觉得孤儿的童年要比她好。她想象不出幸福家庭是什么样子。我去养老院照护你的时候，姐姐去孤儿院做义工。你们骂她没有良心的时候，我觉得，你们才是真正没有良知的人。那天，你下班回家，看见姐姐泪流满面，嘴里吃了一口大便，脑门上有指甲抓破的血迹。母亲说，给她吃山芋，她不晓得好歹，还哭。山芋和大便你分辨不出来吗？你大口咀嚼锅里的红心山芋的时候，姐姐在大口吃痰盂里的大便，你是真不知道，还是视而不见，我想问问你。我有洁癖，我死都不会吃大便的。所以，我是最乖的那个小孩，我什么苦活累活都抢着做，在你们下半夜，再次行床笫之欢的时候，我已经爬起来，悄悄溜到思索村的菜场，去排队买菜。长长的买菜的队伍，就我一个小孩，我挎着一大篮子菜，走一段路，停下来，歇歇，手腕上是菜篮子的勒痕，再走一段路，再歇歇。看到马路两边的茅草和柴垛的黑影，总是担心有鬼怪跑出来，即便这样的担心和恐惧，也比吃屎好。回家的时候，天才蒙蒙亮，你们还没有起来。姐姐的脸上挂着昨晚挨打的泪痕，我怕吵醒你们，躲进厨房，生炉子，煮烫饭，再次去菜市场买油条。卖油条的大爷都认识我了，我给他掏煤灰，递铲子，他总是把最大最鼓胀的油条拣到我的篮子里。他不知道我没有吃过油条，有半根油条掉到火炉边，沾了一些煤灰，我去捡的时候，大爷说，小丫头，拿去吃。我没有舍得吃，藏在篮子下面，回家悄悄给了姐姐，那就是姐姐偷吃油条的罪证，也是罚她吃大便的原因。到现在，我都后悔，给了姐姐那半根油条，如果不是我，姐姐不会挨打吃屎的。成年以后，我吃包子的时候，舍不得吃馅子，最后，馅子就掉在地上。生活中所有的享乐，我都不敢尝试，尝试会有罪恶感，愧疚。好衣服舍不得穿，新鲜鱼虾要放剩了才舍得吃，受虐才不会产生罪恶，好像我生来就是为了被你们奴役，吃苦并挨打受骂。

感谢神，让我活了下来，没有吃过屎。并觉醒，试着改变自己，寻找幸福与成就。我们来到这个世界，不是为了被暴力屈辱和奴役，而你们却让我和姐姐习惯这些。并试图一直奴役我们。你们一生要做的事情就是释放力比多，以各种借口奴役我们。我们一生应对的事情就是摆脱你们的奴役。虽然，这不是你的本性，但是，你自己也屈从了一生，助纣为虐。我去养老院照护你，不是孝顺你，而是可怜你。我对你，没有爱，没有亲情，只有同情和对另一个生命的怜悯。因为，我知道无助的人是多么可怜，我自己就曾经无助，任人欺凌。来生，我们不做父女。阿梅说得自己泪流满面，站起来，擦脸，擤鼻涕。

她去给大姑妈烧纸：大姑妈在墓碑上的照片真年轻，以前，来看大姑妈，觉得她是大人、长辈。现在，阿梅也是大人、是长辈了。阿梅甚至觉得她越来越接近大姑妈的年龄。阿梅想，大姑妈和小姑妈都没有男人，她们的男人新中国成立后被镇压了，她们不再像母亲那样疯狂释放力比多，她们与自己的孩子相依为命，她们的心中，有爱吧。想到此，阿梅说，大姑妈，我年年来看你，年年烧不了钱给你。我妈管着我，不能给你钱。现在，我来了，一个人，你收钱吧。你有儿子女儿孙子外孙满堂，给你烧钱的人很多，但是，我也是你侄女，你就收下我的钱。小姑妈去世了。墓地远在天边，你收到钱给她一些用用，你们姊妹感情好，给她一些用用。说着，就看见燃烧的草纸一页一页翻卷过去，翻一页烧一页，好像小姑妈灵巧的手伸过来数钱一样。

第三章　最后的忏悔

夏教授，男，92岁，自然衰老，生活不能自理

　　夏天的早上7点，一个多小时的公交车程。夏洁赶到城北的一家养老院。她的父亲夏老躺在靠门边的床上，闭着眼睛，张着嘴巴呼吸。她蹑手蹑脚，轻轻地把带来的一大包食品放下。老人没有意识到女儿进门。夏洁弓腰半蹲在床边，拿出藏在食品包装袋中的水果刀，切水蜜桃。这里的老人不允许留有刀具，即便是剪刀、指甲刀之类。防止老人自杀。

　　夏洁不敢发出声音。她怕中间床位的男人醒来看到她。她把水蜜桃的皮剥掉，切碎，兑了温水，打算用搅碎机打

碎，鼻饲老人。

夏老没有醒。他张着嘴巴呼吸。如果家人用手把他的嘴巴关上，他就无法自行张开，这样，会导致他喘不上气来。他无法吐痰。有时候，一口痰堵在喉头，咽不下去，部分液体倒流气管，导致他咳嗽一天。

搅碎机在橱柜的底层，夏洁想去拿出来，又怕吵醒老人。中间床位的男人迷糊中醒来。他60多岁，看到夏洁，像一个猎人嗅到了猎物，顿时来了精神。他的身体快速移动到床边，勾着脑袋盯着夏洁看。

这是他第N次这样肆无忌惮地盯视夏洁。他的黑眼球比那些戴美瞳的小姑娘还要大。隔了一张床的距离，目光像两把邪淫的毒剑，切割着夏洁的身体。这是女人的一种痛。夏洁恨不能钻进地洞。这次，她有了防备，迅速地站起来，往厕所方向走。男人又快速转身到反方向，半个身体挂在床外，朝厕所这边盯着她看，似乎要把她吞噬。

夏洁刚走到厕所门口，迅速转身回来。男人跟着她行走的方向旋转身体，动作太过迅猛，折腾一番，伤了筋骨。意识到她在耍他。男人愤懑地平躺在床上，怒气冲冲地喘息。

夏洁祈祷他变成瞎子。他一天不变成瞎子，她就无法陪伴父亲久一些，无法跟父亲亲密一些，呢喃细语，给他最后的温存，唤起他活下去的信念。老人跟夏洁谈过几次，他不想活了，活着遭罪。护工不把他当人，把他当东西一样摔过来、掼过去。夏洁把父亲的轮椅推到楼顶的露台上，找一个没有人的角落，担心地问他，爸爸，你不怕死吗？不怕。老人果断地说。转了一圈，夏洁心里还是放不下这个问题，又问，爸爸，你真的不怕死吗？不怕。老人再次果断地说。

老人92岁，生活不能自理，起床，穿衣，从床上移动到轮椅上，都需要护工帮助。如果反应慢了，不能及时配合护工，护工会武断地动用肢体惩罚老人，骂他，随手甩他一巴掌。老人怕跌倒，本能地用手抓住床架子，护工要移动老人，把他抱上床，护工对准老人的手，一拳头捶下去，老人本能松手，手指关节处皮下出血。护工就势把他拎起来，扔到床上。

对一种动物的持续的反复训练，日积月累到上百个日子，使之习以为常。这些平时受人尊敬的老人，到了养老院，被护工不当人对待。这对老人是一个痛苦的无法接受的过程。无论他在心理上有怎样的对抗，最终只能妥协，认命。夏老这样的人，行动自如的时候，有尊严地活着。行动不便的时候，却不能有尊严地死去。人，不能选择生，也无法选择死。夏老求死，他跟老伴、夏洁、侄子、外甥女多次说过。他们也帮不了他，或是下不了手。

没有人能操控自己的衰老与死亡。无论夏老怎样哀求老伴同意他离开养老院，老伴坚决不同意。老伴说，他在家作威作福惯了，要他到这里受点教育。其实，老伴内心是希望他早死的，各家有各家的难处，老夫妻感情好了一辈子，到了老年，因为年龄和观点的不同，闹到形同陌路，老伴有自己的苦衷。

夏老死后，老伴跟夏洁说过，以前好歹有个人说说话，现在，连一个说话的人都没有，人，真是孤独。夏洁说什么好呢，母亲是盼着父亲早死的，现在，母亲如愿以偿，有什么好抱怨。夏母不愿意告诉夏洁老两口矛盾的焦点。她认为，夏洁是外人。她和老伴与儿子才是自己家人，自己家人发生的矛盾，怎么能给外人知道。况且，这种事情，无论如何也不能给夏洁知道。但是，夏洁还是知道了。两个老人矛盾的焦点是：夏老坚持要把多年省吃俭用攒下的全部存款留给孙子去澳大利亚读书。夏母不同意。老伴只考虑孙子读书重要，不考虑她将来的生老病死，一点钱都不肯给她留下。这使她对老伴很失望，觉得她照顾老伴一辈子，没有想到，老了，老伴这样绝情，不顾她以后的养老问题，把存款悉数交给儿子。这是老夫妻矛盾的焦点。每学期放假，孙子回国，百般讨好老人，老人只好支付一笔学费。孙子一天不学成归国，老伴一天不死，这学费的钱就是无底洞。夏洁心知肚明，却只能假装不知道。

　　人到了老年，记忆力衰退，记忆短暂，有时候，短到一秒钟前发生的事情都记不住。隔三岔五，夏洁会发现老人眉骨淤青，手臂淤血，身体暴露在外面的地方，时不时会有伤痕，多是皮下出血。问他怎么回事，他也说不上来。有一次，腿受伤了，小腿不能动。一动就疼得叫，夏洁追问后，才知道是护工踢的。这次，老人记得很清楚，他告诉夏洁，是护工昨天下午踢的。

　　护工当着家属的面不会动武，但是，护工把轮椅上的老人弄上床的一幕，夏洁看得发慌。护工两手拽住老人的两手，膝盖对准老人的膝盖，忽然，猛烈地用自己的膝盖去顶撞轮椅上老人的膝盖，对撞的瞬间，坐在轮椅中的老人本能地站立起来。护工就势把他推倒在床上。

上午，老人吃养老院发放的中药，两粒咖啡色药丸。每个老人都吃。护士对夏洁解释说，这是疏通血管软化血管对血管有利的药丸，在老人的医保卡里记账，不用家属额外掏钱。夏老身体没有任何疾病，只是老了，身子骨退化。是药三分毒，夏洁把药丸扔进垃圾桶。但是，老伴反对，老伴说，医院发药是为老人好，扔了可惜。母女为此争执过，谁也不妥协，彼此坚持。结果是老伴的意见占了上风。不然，她会一直跟夏洁吵架，抱怨，两人见面就吵。老人节俭了一辈子，任何东西都不能浪费，药扔了，可惜，吃下去，心里才舒服。养老院的医生护工都知道，这对母女三天两头吵架。

夏老喝水慢了，护工就会不耐烦。夏洁看到，自己去喂老人喝水。她接过护工手中的杯子，倒一点水在手背上，滚烫的，竟然是开水。难怪一向喜欢喝粥的老人，到了养老院拒绝吃稀饭。夏洁找到了老人不肯喝粥的原因。她没有指责护工，她只是回家后，给小哥打了一个电话，告诉他，护工给父亲喝烫水，要他注意，能否换一家养老院。

小哥不以为然，小哥说，每个养老院都是这样的，我已经找了十几家，这家是目前条件比较好的，离母亲家也近，母亲可以天天过去看他。夏洁心里难过，到单位说给同事听，大家纷纷给她出主意，叫她装个摄像头取证，到法院控告养老院。但是，夏母说，这家养老院伙食是周边最好的，医疗条件也不错，对面的陈大爷已经换了好多家养老院，最后才选在这里落脚。夏母和儿子不肯换养老院，夏洁有些无助。怎样才能帮到父亲呢？夏洁下了班就四处找养老院。好一点的养老院都没有床位，找人，还要排队。差的是一些破旧的民房，衰败的建筑，部队搬走后留下的营房改建的，这些养老院管理涣散，看不到医护人员，外来人员可以随进随出。

　　夏老的儿子去养老院。护工平时不见人影，他一来，护工就出现。夏老的儿子说，喂药不能用开水，不然，会烫伤食管。护工说，用温水，哪里能用开水，这个道理哪个人都懂。护工诡辩，拒不承认给老人喝开水。家属不在的场合，护工就报复老人。三九的冬天，给老人喝冷水喂药。这是老人后来告诉夏洁的。

　　夏洁的手机里面有老人受伤的照片记录。这个消息传到院长耳朵。每次夏洁来，院长就跟过来和她打招呼，套近乎。房间不断有护士、医生过来，嘘长问短。这段时间，油嘴滑舌的护工也老实多了。夏洁保留了那些照片，换了手机，又拷到新的手机里面。有照片又能怎样，换一个护工，又是另一副脾性。老人到了这里，就是无助的婴儿。夏洁把老人当成宝贝一样心疼，甚至当着护工的面拥抱老人，温柔地和他说话。她故意和老人用英语告别，缠绵的样子，让护工听不懂。夏洁就是想做给大家看，也告诉父亲，老人是人，他有在乎他的子女。当老伴、护工都嫌弃老人的时候，子女不会嫌弃他，他依然是子女们最重要的亲人。

护工知道这个老人的子女时常会来，子女把老人当回事。护工对老人态度略有收敛。老人的儿子，逢年过节，时常会给护工小费，每次300、500的。护工收了老人儿子的小费，对他毕恭毕敬。对不常给小费的夏洁又是另一副嘴脸。老人的工资卡、存款都在儿子手里，儿子也要做点样子给母亲看。夏家子女不在的时候，护工我行我素，老人处境依然如故。

护工夫妻两个吃住都在养老院，妻子护理8个老妪，月薪4000多。丈夫护理4个老头，工资2000多。男护工告诉夏家的儿子，自己曾经是公社党委书记，会写大字。病房尽头的墙上，挂着男护工写的大字，是那种可以擦掉了写、写了擦的卷帘，每次夏家子女来的时候，护工都要表演写字给他们看，显示自己的身份，曾经的辉煌。

一次，夏老发烧，夏洁晚上8点多钟才走。这个时候，护工们已经忙完了一天的护理，各自回到护理老人的房间休息。他们夜里要起来照看那些大小便失禁的老人。这个时候小歇一下。夏家的儿子晚上在外面应酬，刚好路过养老院，顺便上楼来看看父亲。一楼门卫对常来的家属汽车已经认识，夏家儿子递给他一包香烟，彼此熟络，招呼着，停好车，快步上楼。站在父亲房门口，就看到护工把老人摔在床上，老人两手抱头，目光呆滞，浑身哆嗦着发抖。老人儿子一个箭步冲进去，挥手把护工推开，安抚了老人一通。老人儿子跟护工说，再让我看到老头发抖，老子揍死你！后来，夏家商量，征询老人意见，老人在家属在场的时候上床睡觉，这样，就避免被护工粗暴摔倒在床上。

春天的时候，夏家床位的男护工心脏有病，胆结石开刀，请假离开了养老院。

男护工开刀的这几天，他的妻子、女护工会来招呼一下，送饭，擦洗。几天后，来了一个年轻的大个头的护工。

这是一个说话口齿不清，有些口吃的乡下人。他跟随矮小能干的妻子到这里做护工，他的妻子护理了8个老妪，他只护理4个老人，还常常忙不过来。妻子像带儿子一样带着他干活，总是在关键时刻出现在他身边。他动作鲁莽粗野，时不时地弄伤了老人。

这个护工也有让夏家满意的时候，他隔三岔五地会给老人洗脚，他双手泡在脚盆，给老人搓脚丫。老人的小腿像松树皮，一层层往下脱落干结的皮肤鳞片，脚趾细长变形，老人年轻的时候有严重的湿气。护工也不嫌弃。护工给老人擦身的时候，动作飞快，掀起老人的衣服，手上的毛巾神经质地掠过老人的身体，像风一样，吓得老人胆战心惊。老人坐在轮椅上的时候，双手紧紧握在一起，摆放在胸口，身体后倾，形成一个本能的保护自己的体态。这个体态，在过年的时候，老人一大家子亲戚来看望他的时候，都不会改变，任何人靠近他都使他惶恐不安，往后退缩，两手紧握在一起，放在胸前。为了避免老人的指甲戳伤手心，家人给他手心放了小毛巾。直到死的那天，老人紧握在胸口的手才松开来。

长期的恐惧造成老人现在这个体态。夏洁按摩老人的手，叫他放松，告诉他女儿在身边，不要怕。老人确认是夏洁在触摸他，才渐渐把手掌伸开来，让夏洁擦洗。老人的一节手指反方向翘出去，收不回来，一碰就疼。估计是被护工扳骨折了，没有及时发现。夏家人也不会为这点骨折去给老人看病，老人的手本来就丧失功能，只要老人不喊疼，他们也顾不上更多。

　　喂过晚饭后，夏洁给老人刷假牙。老人过去还能自己把假牙拿下来，现在，他已经不会拿了。夏洁把手伸进老人的嘴里拿掉假牙，给他洗脸。然后喊护工过来帮忙，把他弄到床上。这个过程，夏洁眼睛分秒盯着，不然，护工就会耍蛮力，把老人像物品一样拎起来甩过去。她走的时候，悄悄对父亲说英语，她不想别人听懂她和父亲告别的话，同时，也对父亲暗示，她和父亲之间有默契。他们之间用简单的词汇交流，哪怕一个单词，母亲也听不懂。这样，父女之间就有了一个秘密通道。这个通道容不下一个病房里的其他老人和家属，甚至是夏母。老人现在需要这样一个隐秘的连接，这是他在这个世界最后的羁绊，不然，他活着有什么意思。老伴已经开始嫌弃他。他早就不想活了，活着也是糟蹋粮食，寿多则辱。他对老伴说的话。表明他的态度，也是一个老人心底最后的尊严。

老伴喜欢和中间床位的男人聊天，安慰他，吹嘘夏洁的丈夫在人事局上班，能帮他的女儿调动工作。以此来搭讪这个男人，吸引他对她的好感。一天，护工收了夏家儿子的小费，要把中间床位的男人调到另一栋楼的房间，为此，夏母跟护工吵，大闹护士站，跑前跑后，阻碍护工把中间床位的男人调走。

夏洁跟母亲告状，诉说那个男人的无礼。夏洁知道，一个长期生活在这样的环境中的人，或多或少会有精神上的障碍。但是，这个人的眉毛浓黑，双眼深陷，像两个无底的黑洞，肆无忌惮地盯视她，仿佛要把她吸入到他的身体里面。一盯就是一天，甚至爬到床沿，勾着脑袋盯着她，盯到她崩溃。

夏母说，他看看你也是正常的。你怕他干什么。夏洁转身跟小哥告状，小哥说，这有什么奇怪，病房里都是老人，来了一个年轻女人，男人盯着看，很正常。说明你长得漂亮，人家才盯着你看，你要高兴才对。小哥说最后一句话的时候，舌头蜷缩在一起，有一种自以为是的俏皮在里面。他的嘴唇嘟在一起，有些猥琐，他心里知道这话有点忽悠人。

我长得咋样，不需要他以这样的方式来告诉我。无耻之徒。夏洁很难过。

小哥看她挂脸，劝她。我已经找过护工把他弄走，老太不肯，我也没有办法。过段时间，再找机会，把他弄走。

夏洁说，他一天不走，我一天不来。

小哥劝她，我们过去在部队，全是男兵。看不到一个女人。大家经常没病装病去部队医院找护士。为了跟护士搭讪，我的战友故意自残，把腿撞到石头上，皮开肉绽，去住院。他半身不遂，跟这些八九十岁的老人为伍，已经够可怜，你就可怜他一下，当是扶贫。

她真想抬起手臂，甩他一个大耳光。

夏洁的丈夫不在人事局工作，也不是领导干部。只是一个普通的公务员。她回家跟丈夫告状，丈夫说，看就看呗，能看少一块肉啊。夏洁不依。要他出面处理这个问题。他摊开手说，我下次到养老院，告诉他不要这样盯着你看。夏洁心里着急，眼睛瞪着他。你这不是惹事吗?! 人家说，我没有看她，不要自作多情。他不耐烦，你要我怎么办，你说。小题大做，无事生非。

中间床位的男人，长相还算英俊，黑黝黝的大眼睛像煤炭一样散发着乌光，是老人中少有的亮光。夏母这个77岁的老太太任性起来不亚于一个17岁的少女。她需要年轻男人在这间病房的陪伴。他盯着夏洁多看几眼有什么关系，他自己也有女儿，有外孙女，他又没有强奸她。

夏母的态度使夏洁怀疑自己不是亲生的。其实，她知道自己是亲生的。只是老太的行为不像一个做母亲的。而老太却认为夏洁找碴，以此减少来养老院的次数，真是逆子。老太冲夏洁离开的背影，呸！真不是东西。

老头夜里咳嗽，吵得中间床位的师傅睡不好觉。第二天，夏洁来的时候，夏母跟夏洁诉苦。夏洁说：活该，睡不好就滚回去。夏母问：他去哪？去他原来的地方，好端端的跑到我爸爸房间干什么。夏母说：他原来病房的人，脑子不好使，夜里会摇动他的床。他只能在这里。你老子害人，害人家睡不好觉。

夏母说这话的意思，是老伴不懂事，夏洁需要代替她不懂事的父亲给这个男人道歉，安抚他。这怎么可能，真是老糊涂了。父亲身体有恙，夜里才咳嗽，父亲已经够可怜的，他没有过错。自己更无须道歉。走廊里，母女俩争执不下，又是一顿暴吵，夏洁气得发抖。两边房间，有看热闹的老人，探头探脑。

求流氓的眼睛瞎掉，早死早好！求流氓瞎眼、瞎眼、瞎眼！伤过我的流氓不得好结果。老天有眼。夏洁在卫生间，反锁了门，对着窗外的苍天祷告。出门的时候，夏母问她，你腰椎疼痛好一点了？夏洁说，没好。唉，老太长长地叹一口气，我还指望你来代替我值几天班，让我在家歇歇。

夏洁气呼呼的，甩手走后，老太把她带来的西瓜切开，拿了中间最好的两片，递给中间床位的男人。男人客气，你吃，摆手。老太硬是塞到男人手里，吃吧，这里还有呢。

男人尚能下床，靠拐杖步行。男人吃着夏洁买来的西瓜，西瓜无子的，甜蜜的。男人想象着夏洁的身体也是瓜皮那么脆，瓜瓤那么甜。这种想象给了他孤寂的养老院生活一种莫大慰藉。男人需要这样的想象，这想象使他有了性的欲望，他渴望女人的身体，这渴望，使他愿意在床上活动手脚，使他觉得这间病房比起隔壁的病房多了一丝温馨和隐秘的诱惑。

夏洁离开病房后，沿着街边的道路，找化工商店，想买硫酸，滴到那个男人的眼睛里。一条街走了大半，没有看见一家化工商店。踟蹰间，步入一家琴房。琴房门内传出黑人女歌手西沙雅丽熟悉的歌声《深情的吻》，她沧桑浑厚的嗓音，动人的旋律，深情的歌词，夏洁听得入迷，转移了念头，心里寻思，平时，这家琴房的孩子们去养老院演奏，他们把琴声和笑脸带进养老院。那些迟暮的老人，想死又死不了的人，残疾人，各种的绝望与不如意。弹琴的孩子们给了他们笑脸，生活下去的一些意念，孩子们是慈悲了。

而自己带给中间病床的男人，是性的唤醒，是生的渴望，也是一种慈悲。不要再记恨那个可怜的无节操的家伙。她放弃了买硫酸，不再想着硫酸滴眼，诅咒他变成瞎子。她在公交车上被流氓骚扰、性侵害的时候，她是弱者，逃离是唯一的反抗方式。而现在，面对一个半瘫的病人，自己成了强者，可以置他于死地的强者的时候，她会选择反击他吗？什么是强者？她在思考，真正的强者就是当你有能力置对方于绝境，对方无法报复，无法反抗的时候，你依然选择了无视他的存在，选择了逃离。最好是宽恕，即便我们不能够宽恕，我们也不再和他计较。这才是真正的强者。想到这里，夏洁心情好起来，有些释怀，买了西沙雅丽的碟子，去了农贸市场。

这家养老院有两栋楼，多数老人被送来，没有家属陪伴。有陪护的是少数。夏母天天过来陪护，实指望老伴熬不了多久。可是，老伴体质好，没有疾患，只是行动不便，在这样狭小的病房中日复一日，没有终结，对两个老人都是煎熬。她希望老伴快些离开，她好解脱。她时常告诉夏洁一些医院的逸闻，诸如隔壁新来的老头家里已经放弃了，让养老院不要接氧气，不要外送抢救，也不给喂食。虽然，老头家也按规矩缴纳伙食费。老头能拖，拖了一个礼拜才死。

夏老的听力没有衰退。老伴说这些话已经不止一次。他都听得见，知道老伴的心思，自己也不想活，但是，没有人帮他死，想死也死不了。时间久了，老伴有些不耐烦，给他喂饭，一口接一口，他来不及吞咽第一口，老伴就喂第二口了。他的嘴巴鼓着一口气，想张嘴巴，越急越张不开，拼命朝外吐气，饭渣忽然就喷了老伴一脸。老伴气得挥手就扇他一个大耳光。饭勺在嘴边，张嘴，老伴大喊。老伴举着饭勺在嘴边晃动，伺机伸进他嘴巴，说，张嘴。

不张。啪，一个耳光。喂一口饭，扇一个耳光。一顿饭，扇多少耳光，老伴自己都打累了。夏老越发紧张，越发不张嘴。她用手扒他嘴巴。他张嘴了，忽然关上，咬住她手指头。她尖叫，作死啊，咬人了，用手指甲去掐老伴手，掐破了，出血，流到轮椅的轮胎上。隔壁的，走廊路过的，其他家属和护工都能听见老伴的吼叫。时而过来看看，又走开，各自忙各自的去。

夏洁来的时候，夏老见四下无人，跟她告状，说老伴扇他耳光。夏洁问门口路过的矮个子女护工，这个女护工代替男护工照应过夏老，在老人发烧的那天，夏洁晚上10点钟走的时候，给过她200块小费，让她夜里多关照一下老人的状态，有情况给她打电话。女护工对夏洁比较客气，来来往往盯着她一些，希望得到小费的机会，不要给别的护工抢走。是这样吗？女护工惊讶，老头怎么什么都知道啊，他还会跟女儿告状。夏洁盯着女护工的眼睛，是这样吗？女护工四下里看看夏母不在，说，是这样，喂一口饭，扇一个耳光。张嘴，不张，啪，一个耳光打过去。女护工学着老太的样子，表演给夏洁看，左右开弓，演示完，赶紧跑出去，告诉其他护工，夏家老头不是哑巴，会说话，还会告状，他什么都知道。护工们在一起议论，这个老头不是哑巴，小心他会告状。

夏家的子女在夏母的暗示下，并没有接受让老头饿死的建议，虽然夏母不断地暗示，他们不接她的话茬。夏母既遗憾又欣慰，他们现在怎么对老伴，以后就会怎么对她，她经常借老伴试探她的子女们。让老人饥饿而亡，残忍。他们照旧来看望老头，给他买时鲜水果，饮食。送搅拌机来，要求护工把医院的食物打碎了喂给吞咽困难的老人。老太一个人的诉求，暂时无法得到执行。

夏老以前是西装头，现在，为了方便打理，儿子给他剃了光头。他坐在轮椅上，老伴往他头顶滴洗衣液，老伴认为洗发水比洗衣液贵，她顽固地坚持用洗衣液给他洗头，用毛巾化开揉擦。

夏洁在卫生间搓洗毛巾，两块毛巾轮流换。洗干净的递给老太，换下来的再去洗手间搓洗，明知道老太用洗衣液给老头洗发，她也阻止不了，她带过来的洗发水、洗洁精都找不到，估计，是被老太带回家了。

会写大字的护工看见母女给老人洗头，快步进来，挤到母女之间，拍夏老的肩膀，喊，老爷子，你女儿来了，你快活了。护工不停地拍打夏老的后背和肩膀，引逗他说话，夏老没有精神，不想搭理他，却不敢怠慢，嘴里咕哝着，算是搭理护工。

夏洁给老人洗脸的时候，发现他的喉管部位有一圈血红的伤口，像是绳子勒过的痕迹。问老太，说是刮胡子刀碰伤的。夏母拿毛巾用劲擦伤口。试图擦掉结痂的半圈红线，夏老喊疼。夏洁仔细看，结痂脱落的地方在渗血，她阻止老太擦下去，给伤口一圈抹了四环素眼药膏。直到伤口长好了，夏洁都在怀疑，那伤口像是一场谋杀。但是，老头沉默。老太否认。夏洁无奈。

夏母不断暗示子女放弃老头。暗示中有试探的成分。老头越来越搅了，再这样拖下去，他不死，我都要被他拖死了，看来，我要死到他的前面了。夏母不停地唠叨。没有人搭理她。夏洁只关心老头。他越来越瘦弱，越来越没有人样。上帝要叫一个高大强壮的汉子灭亡，先把他的人形抽走，使他成为一具简单的新陈代谢的皮囊。因为吞咽困难，他无法配合老伴喂食，食物不断地减少，越来越消瘦，连腿都无力动弹一下，翻身也要人帮忙。

夏老进养老院到现在，已经三年时间过去了。护工也换了四茬，现在的护工还算正常，没有明显欺负虐待老人的迹象。夏老已经开始鼻饲，鼻饲两周后，身体出现大面积褥疮，医生来探视，护士抽血，各种检查结果，告诉夏家子女，老人缺乏营养，严重营养不良。医院鼻饲食物需要家属添加蛋白粉，对于不能行动的老人，需要添加动物蛋白。因为，老人吸收蛋白的能力退化。夏家子女给老人买了人体球蛋白，蛋白粉兑到鼻饲食物里，老人褥疮渐渐恢复。由于衰老和长期营养不良，老人变得像具骷髅。毕竟子女都要上班，不能天天赶到医院给老人送食物。他的长腿长胳膊都成了多余的摆设，蜷曲勾搭在一起，无法分开，筋骨老化，连家属都不敢搬动老人。老人神志清醒，会眨眼交流。

几个月过去后，老人更加衰弱。夏洁来看他，给他洗脸，擦眼屎。亲昵地喊，爸爸，我是谁，睁开眼睛看看我。老人睁开一只眼睛，另一只眼睛血红，睁不开。爸爸，我是谁？老人眼球转转，看她，不语。

再后来，老人开始发烧，经常高烧。养老院劝家属转院，转到附近的专业医院，附近的医院医疗条件好。夏家子女不肯转院，这么大年纪了，经不起折腾。养老院劝说无效，只好给老人吊水，抗生素连续吊5天，一天5瓶液体，虽然速度比常人缓慢，心脏还是承受不了，血压开始升高。医生又让他吃降压药。老人难过得哼哼。老伴喊，再哼我整死你，我都烦死了，你要把我折磨死才罢休。

没有人在房间的时候，老伴对老人耳语，你再不死把我拖死了，你活这么久，够了。你儿子女儿已经把你的墓地买好了，在你父母边上，你安心去死吧，让我再活几年。我80岁还不到，你都92岁了，你比我赚了，安心死吧。

烧退了。没过几天，又发烧。这一幕持续上演。夏洁再喊爸爸，看看我是谁。父亲眼睛不睁，什么也不看不管，一心想死了去。

抗生素已经不管用了。又换了一种抗生素。高烧退了，持续低烧。老人紧握的拳头开始松弛，老人的手，已经无力摊开。一只手背上皮下严重出血。另一只手开始浮肿。夏洁给老人洗脸，洗手，抬他的膀子、腿，像没有知觉的棍子。她知道他的日子不多了。偶然间，老人喉管发出的轻微声音告诉她，他还活着，他知道她在身边。

夏母已经停止给老头喂食蛋白粉、水果、牛奶。说他拉肚子，发烧，胃口不好。夏洁不知道怎样才好。是喂，还是不喂？老人已经瘦得皮包骨头，两腮的肉全部凹陷进去。状态一天不如一天。刚来养老院的时候，被子底下是他高大隆起的身体。现在，身体越来越坍塌，弱小，不能动弹，渐近平息。平得像是没有了骨头，只剩下一张床单。不注意看被头，好像床上没有人一样。她期待某一天早晨，突然接到电话，父亲走了，平静地离开，没有痛苦。

夏老的儿子已经很少到养老院了。他总是忙。来了也是接母亲回家，给母亲送些购物卡，给护工小费。老头现在是活死人，儿子也懒得搭理他了，期盼他早点离开。免得他把老太拖垮了。母子两个的意见开始接近。

2017年的初夏的一个下午，老太躺在窗户边的躺椅上看报纸，老人的喉管忽然发出巨大的声响。老太知道不妙，惊坐起来，起身查看，一口痰液憋住了老人的气管。老太丢下报纸，急急忙忙走着蛇步，去喊医生，医生和护士赶到床边，一番查验，判定老人咽气。

这是一个周日的下午，这个时候，估计儿子在来养老院的路上。夏母没有给儿子打电话，40分钟后，儿子开车过来，停好汽车，步入大厅，进电梯，入房间，房间的床铺之间隔了油漆黑的木质屏风，儿子意识到什么，果然，夏母冲到他面前说，你爸爸死了。他给夏洁打电话，夏洁已经在电梯间。

　　护工给丧葬一条龙的人打电话。夏老的儿子掀开他脸上的被单，摸了一下脸颊，凉的，用力把他张开的嘴巴关上，关了几次，都没有关好。最后，换好寿衣后，殡仪馆接尸的男子，关上了夏老的嘴巴。夏家儿子给他们红包，执意不肯要。推托半天，两男人抬起担架，匆忙离去。夏家儿子收回红包。

第四章　死了也好色

吴师傅，男，66岁，脑中风，化工厂退休工人

　　吴师傅，是夏老同一个房间的老人。说老也不老，他是夏家老太喜欢、夏洁避之不及的人。中风后，半身不能行动，能缓慢地起床，上床，下床，自己吃饭，能拄拐杖出门、自己去洗手间方便、在护工照顾下自己洗澡、自己从床上移动到轮椅上。从床边挨着椅子边儿坐下，并手摇轮椅，出房间，乘电梯到楼下活动室下棋、打牌。他每天上午定时和几个牌友活动，凑不够四个人的时候，就下棋。

　　早年，吴的妻子出车祸死了。车祸真相，吴师傅不肯说。吴师傅的五官，棱角分明，挺拔的鼻梁，浓眉下，一双

漆黑的大眼睛，身材适中，不高不矮，不胖不瘦。吴师傅对自己的相貌很自信，即便是到了养老院这样的地方，他依然相信自己的魅力，只要他喜欢的女人，他都能搞上手。他年轻的时候艳遇不断，有时候，他都不需要出击，就有自投罗网的女人投怀送抱。在网吧的QQ上搭讪，一般的女人聊几天，几个回合下来，大家彼此心中有底，就能顺利开房。有的女人一看到吴师傅的视频，上来没讲两句话，打个招呼，便主动要求开房。这种女人，吴师傅心里是有些看不起的，见的女人多了，吴师傅也挑剔起来，他不太喜欢主动开房的女人，他喜欢谨慎的聊得久一些的，那些上来就开房的女人，便宜得一分钱不值，这些女人，都不需要他下诱饵，两句话没有撩热，就主动去开房了。吴师傅觉得网络真好，给他结识各色各样的女人提供了便利，这种网络带来的便利，使得吴师傅对婚姻的存在产生怀疑，吴师傅甚至觉得婚姻就是枷锁，结婚就是坐牢。

吴师傅退休后，他的女儿出嫁了。后来，他的女儿怀孕、生子，女儿的月子保姆跟吴师傅一来二去，住到吴师傅家。吴师傅单位分配的房改房，用保姆的钱买了下来，房产证上加了保姆的名字，好日子过不到半年，保姆的前夫就来睡觉，吴师傅当然不同意，双方闹得不可开交。因为这场婚外情，吴师傅的房子最终被保姆和保姆的前夫占据。因为有结婚证，房子有保姆的一半。女儿不甘心，到法院起诉他，要这套房子的份额，家里争执不断。吴师傅脑梗住院后，保姆换了门锁。出院后，他没有地方可去。女儿对他有怨气，也不能到女儿家住。他只能暂时住到妹妹家，跟外甥住一个房间。后来，外甥找了对象，结婚，需要一间新房。吴师傅又没有其他地方可去，就住到了这家养老院。紧挨着夏老的床位。这间朝南的房间住了三个老人。

　　那天早上，吴师傅看见夏洁来了以后，就打定主意，不去楼下活动室打牌、下棋。他自始至终盯着夏洁看。越看越出神，目不转睛看一天也看不够的样子。有时候，看得口水挂到下巴上，浑然不觉。

　　夏洁到床尾，把父亲睡的床，上半身摇高。父亲高大的身体会半挡住他的视线，夏洁蹲坐在床边的凳子上，低头，紧紧靠着父亲的床。她用海绵垫子挡在父亲床的另一边，父亲和床上的一堆物体暂时挡住了男人的视线，有了这些抵挡，她才能在这间房子待下去。

　　吴师傅对夏母不感兴趣，老太太吵人，话多，一天吵到晚，喜欢有事无事跟他搭讪，讨好他，他有点烦。每周，吴师傅的女儿、女婿、外孙，一家三口来看他一次，带一些吃的东西，很快就离开，履行一种形式。来看老人的亲友，多数是这样，养老院的房间这么小，不适合长时间停留。

吴师傅觉得夏家的女儿生得标致，性感，是他理想中的女人。他喜欢这样的女人，不爱说话，矜持。走起路来，挺着胸脯，胸口像蒸笼，散发着热气。端庄，显得神秘。他直勾勾地盯着她看，眼神像刀片一样切割着她的身体。那天，夏洁送食物来，走的时候，他问老太太，你女儿长得好看，蛮年轻的。夏母说，不年轻了，奔50的人，再过几年要退休了。她没有我年轻时候好看。我盼着她退休，她退休，天天来，我就回家歇歇了。

夏洁在门外，往电梯口走。老太太的话，她全部听见了。这是亲妈讲的话吗？她嫉妒了她一辈子。一直在父亲面前诋毁她。她从来就没有把她当作女儿，亲人。她是她的情敌。她不懂得保养，不讲究饮食，吃饭随便，营养跟不上，身体变得矮小，佝偻着脊背，老年妇女钙流失导致的收缩益发明显，像小矮人一样站在挺拔的夏洁面前。就是这样一副坍塌枯萎的躯体，依然像年轻时候那样，对夏洁释放着邪恶的力量，要把夏洁嫉妒到死。

夏洁承受不了。减少了到养老院来的次数。再来，每次都是丈夫陪着。丈夫站在两张床的中间，挡住男人的视线。夏洁来两个小时，丈夫就站两个小时。总有坐下来的时候，男人的目光就如电锯一样，更加肆无忌惮切割夏洁的身体。男人的身体随着夏洁在病房的移动而移动。

吴师傅每天都盼着夏洁的到来。他们住在这一层楼邻居，楼上楼下的伙伴来喊他下楼，他找借口不去。时间长了，就没有人来约他下棋。时间再长了，夏洁的丈夫也烦了，站在他床头盯着他眼睛看，两个男人就这么对视着，一个也不相让。最后，夏洁的丈夫眼球酸得坚持不住，转移了目光。回家以后，他告诉她，这个男人有病，他的眼睛可以长久盯着人不动，眼球又黑又大，瘆人。

夏洁独自一个人在病房照顾老人的时候，男人的黑眼珠盯着她，不断触摸她身体的各个部位，想象着她被他蹂躏的样子，他的手伸进被子，褪下裤子，一只手在大腿间操作。床在抖动，被子滑落到一边。他的手来回抽动得飞快，眼睛死死盯着夏洁，张大嘴巴，口水流到枕头上。旁若无人的样子。靠近厕所墙边床位的老人探过头来，注视着他的抖动，目光死死盯住他，像他看夏洁一样。

夏洁假装什么都没有看见，站起来，离开病房。

夏洁回病房的时候，男人的被子掉落在地上。他光着下身，伸手去拽被子，拽得很吃力。邻床的老人始终在盯着他看，头趴在床边，像看一个陌生的动物。夏洁假装什么都没有看见的样子，低头，安静地坐在床边，给父亲剪脚指甲。

夏洁近来很少露脸，来了，也是躲在丈夫身后。她的丈夫目光凌厉，刀子一样和吴师傅对峙。

有一段时间，夏洁出差在外地。回来后，几乎不敢独自去养老院了。去了也是带一大包在家预先加工好的水果、蔬菜、肉类。丢下食物就走。夏洁进房间的时候戴了大墨镜，那种颜色很深的看不见眼睛的墨镜，戴医用大口罩。一周也就去两三次，总共不到20分钟。

吴师傅长久看不到夏洁，还要忍受夏母的唠叨。这个老太太有语言暴力，她讲话讲得没有一分钟能停顿下来。她主动和人讲话，还要对方和她搭话。挑衅的，谗言的，巴结人的，示好的，恩威并施。她一定要通过语言来主宰她周围的世界。你不能把她制服，她就一定设法操控你、主宰你。

你还有苏果卡？她问吴师傅。吴师傅如果说有，她会接着问，你哪里来的卡？如果说没有，她会说，我有，我儿子给我的1000元苏果卡，你要是去苏果，拿我的卡用。当然不会白用，用的人会还给她现金。然后，她开始显摆，吹嘘自己的儿子有出息，当官，有权势，好多人求她儿子办事，给她儿子送苏果卡。她儿子在河西买了大别墅，正在装修，还安装了电梯，以后，要接她去住。她知道吴师傅爱听什么话，她把夏洁从小到大，在哪里上学，怎样参加工作，哪年结婚，孩子在哪里，夏洁夫妇的收入，年轻时候的照片，女婿家的情况，一一抖搂出来，絮絮叨叨给吴师傅听。

护工进来送饭的时候，她问护工，有没有苏果卡？没有的话，她会炫耀自己的苏果卡。有的话，她问，哪来的？护工说，你家儿子给的。见到儿子，她说，你给护工多少钱？儿子说，200。你不老实，我就知道你会说谎，你骗我。我知道你给护工多少钱，护工已经告诉我了，我就是看看你还老实不。在养老院的走廊，老太太一蹦一跳地指着儿子的鼻子，教训他。

夏洁很久不去养老院了，不是嫌弃父亲，而是母亲和吴师傅的做派实在让她承受不了。时间久了，吴师傅受不了这个老太太的语言暴力，主动提出来要换一个房间，离开原来的房间越远越好。理由是夏老爷子夜里会叫，吵得他睡不着。隔了一天，他换到另一栋楼的房子里去。夏家老太太先是不同意他走，阻止护工搬家，没有人搭理她。后来，她追到他的新病房去看他，他也不搭理她。她去过几次，他把脸转向墙角，假装睡觉。她站在床边喊他，吴师傅，我来看了，我家夏洁送来的金川锅贴，我放在床头柜，你要趁热吃。吴师傅睡得正酣的样子，仿佛什么都没有听见。过了一个时辰，老太太又来了，她把夏洁送来的蛋糕，自己一块都舍不得吃，也舍不得给夏老爷子吃，全部拿过来，送给吴师傅。锅贴吃了？她问他。他指指床底下垃圾桶，扔了，蛋糕我不吃，你拿走，拿走，直摆手。挂着脸，一脸不耐烦的样子。邻床的老人看着他们，不知道他们什么关系。劝吴师傅，对你妈态度好一点，不要不耐烦。

一天，夏家老太太隔了一栋楼跑过去看望吴师傅，给他送西瓜、馄饨。西瓜是儿子买了送来的，馄饨是夏洁带给父亲的。夏洁前脚走，夏家老太太后脚就去吴师傅病房，搭讪他。他不理睬她。头都不抬，用被子蒙住脸。护工看得真切，夏家老太有些难为情，转身出门。

近来，吴师傅的女儿上夜班，白天要睡觉，很少来看他。夏家老头去世后，母女已经不再去养老院。吴师傅又恢复了打牌、下棋的习惯，时常去活动室溜达。一段时间后，他患了气管炎，天天咳嗽，养老院通知他女儿带他去看病，他女儿夜里上班，白天要起诉保姆打官司，养老院只能开点抗生素给他吃。吴师傅身体一天不如一天，不像过去，天天都有精力去打牌。不去打牌的日子，坐在轮椅上，自己推到电梯间，下到一楼的大厅，大厅里坐了一排看街景的老人，有的老人有家属或是护工陪着，有的自个儿坐着。有护工陪的是全陪护理，没有的就是普通护理。这些老人也坐不了多久，几十分钟或是个把小时，他们就回去，换了新的老人过来，坐在各自的轮椅中，看街景。

外面是车水马龙的街道，来来往往的汽车，赶路的人群，偶然，有年轻女人穿着裙子路过，吴师傅瞪大眼睛，直到年轻女人走得无影无踪，他的头还歪在一边。有好事者打趣他，老吴，你头抽筋啊，吴师傅这才回过头。

一年后，吴师傅再次脑梗，他被送到附近的一家医院救治。在颈部血管装支架过程中，血管的颗粒冲到脑部，导致全身瘫痪。

吴师傅已经告别牌友棋友。有时，那些人会自己摇着轮椅，到吴师傅房间看看他，他不说话，动弹不了，眼睛黑黝黝盯着人看，轮椅里的人也无趣，寻了新的牌友棋友，去一楼活动室下棋、打牌。

第五章　医生之死

郜爷爷，男，87岁，脑部肿瘤晚期，三甲医院院前长

郜爷爷离开小田父亲的病房有一周时间了。那天中午，小田喂完父亲，跑去他的病房，站在他床前大喊，爷爷，好久没看见你了。我好想你。郜爷爷的眼睛在转，看着她，面部表情平静，脸色微微潮红，与其说比先前微胖些，不如说是浮肿。这个去鬼门关转悠过几遭的87岁老人，因为脑部肿瘤，生活不能自理，被送到这家养老院。郜爷爷的女婿和女儿一起来过。但是，不可能天天过来。

郜爷爷的学生现在是三甲医院的院长。郜爷爷的老伴和

他是大学同学，是那家医院的教授级专家，和他同年。这么大的岁数，还带了博士生。专家面容端庄，神态安详。走路轻便灵活，不像一个87岁的老妪。她还在医院出诊，每周有两天，坐诊，看一些疑难杂症。她是省内有名望的专家。专家号很难挂到，有黄牛炒她的专家号。

养老院里一些前来陪护老伴的老太太们聚集在一起，背地里说三道四，质疑郜爷爷的老伴，这个老太没有良心，把老头送过来，自己去医院上班。这么大年纪苦这么多钱做什么，把钱带到棺材。老太太们无法理解一个医生的情怀。郜爷爷老伴来的时候，养女每次都跟在母亲后面。时常有学生跟了来。他们给郜爷爷带奶油蛋糕、虾仁、橘子，各种郜爷爷喜欢的好吃的食物。

母女每周日来一次，陪伴郜爷爷两个小时左右。一进病房，郜奶奶就会加快步伐，急切地走到郜爷爷床边，双手握住郜爷爷的手，抚摸，像久别的恋人，把郜爷爷的两手握在手中，不停地揉搓。亲密地问候他。郜爷爷每周就盼着这一天的到来，这一天，是一周时间里郜爷爷唯一下床的一天。

母女给他穿衣服，让护工把他抱下床，坐在轮椅里，用背带把他固定好。这对夫妻团聚的时刻，养女端坐在一边。

看着母亲给父亲喂蛋糕，张嘴，张大一点，母亲像少女一样，把蛋糕塞进父亲嘴里。父亲的眼睛泛着亮光，闪闪的，有些水灵。

小田姑娘过来打招呼，小田说，勺子有点大了，郜爷爷嘴巴张不开，要换个小一点的勺子。郜奶奶头都不抬，说，这不挺好的吗，我喂他，嘴巴能张大的。郜奶奶压根就不相信小田姑娘的话。这个黄毛丫头啥也不懂，还指手画脚的。郜奶奶嘴里咕哝，不用换，我喂他好得很。蛋糕喂了一半，郜爷爷嘴巴就张不开了。"专家"开始喂虾仁，玻璃保鲜盒里有新鲜的热虾仁，郜爷爷的嘴巴本来就小，一个虾仁也塞不进去，用勺子割半个虾仁，好半天塞进去又滑出来，再割一半，塞了几次才塞进去。

"专家"现在体会到圆头圆脑的勺子有点大了。她有点后悔刚才对小田姑娘的态度。小田姑娘没有瞎说。小田姑娘说，我昨天喂他饭，勺子都塞不进去，他嘴巴就是张不大，好像牙床有东西抵住嘴唇。

郜奶奶像是自言自语，轻声说，他是脑部的肿瘤神经抵住牙床。所以，嘴巴张不开。她下次来的时候，带了一个小的勺子。这个小的勺子刚好可以伸进郜爷爷的嘴巴里，一次可以喂食四分之一的虾仁。

周日的下午，是郜爷爷生日，三甲医院的院长来看望郜爷爷，送了一束鲜花，一个大蛋糕。有不少人过来，都是郜爷爷的学生。一会儿，郜奶奶和养女也来了。三个人的病房里挤满了前来探视和祝福的人，大家站着，没有地方落脚。郜爷爷有些激动，脸色潮红。学生们说一些问候的话、祝福的话，一一过来跟郜爷爷握手。

郜奶奶开始给郜爷爷剪头发。护工打了热水来给郜爷爷擦洗。养老院规定老人每天必须擦洗一次。因为郜爷爷家平时没有家属过来陪护，他的擦洗过程基本省略。郜爷爷的学生好几个，排着队，没有地方站，打过招呼，陆续离开。

郜爷爷的学生走了以后，小田姑娘打趣说，爷爷，你蛮时髦的嘛，头发那么长，像艺术家一样。郜爷爷的养女就笑了，是的，他年轻时候就是长发，一直留到现在，都是我妈妈给他剪。郜爷爷的脸上有一丝笑意，他是喜欢小田姑娘的。这个姑娘比起他自己的养女，要活泼开朗得多。病房三个老头，护工也是男的，就小田姑娘是女的。虽然，她的年纪也不小了，40多岁的光景，但是，在郜爷爷的眼里就是小姑娘，她也确实像个小姑娘一样，脆生生地喊他，爷爷长、爷爷短的。

每次，她给自己的父亲喂饭，就连带给郜爷爷喂饭，两个老人的饭碗分别放在各自床头的架子上，她给父亲喂一口，再大步走到郜爷爷床边给他喂一口。老人吃饭很慢，嘴巴张不开，张开也是很久才能咽下去一口。老人的牙齿掉了，吞咽机能退化，整个人的身体在全面退化，就像一辆破旧的自行车，到处都是想不到的问题，旧的问题没走，新的问题又出来。如果护理的人不够仔细，就发现不了这些问题。护理的人把老人当正常人对待，老人就会平白吃苦头，就会被误会，以为他们捣蛋，对抗，不配合，甚至挨打。

小田从保温袋里拿出热乎乎的紫薯，剥去皮，掰一小块，塞进父亲的嘴巴。再到郜爷爷的床头，问他要不要吃。郜爷爷说不要，谢谢。她笑起来，爷爷，你不要客气，我知道你喜欢吃甜的，这个紫薯可好吃了，你吃一口嘛。她掰一小块，硬塞进郜爷爷嘴巴里。郜爷爷就不再客气，一口接一口，两个老人很快就把一个紫薯吃完。

以后，小田每天来，都要带一个紫薯过来。小田的父亲有些吃醋的样子，一看到她往郜爷爷那里去，就喊她，没有任何事情，也要喊她。她就在病房大声说，我爸爸最好了，他就愿意帮助别人，要对自己家人好，也要对别人的家人好，要爱护所有的老人，给护工做榜样，爸爸，你说对不对啊？

这个时候，她的爸爸老田就点头，对，我女儿说得对。以后，老人不再干涉女儿照顾郜爷爷。如果小田不给郜爷爷喂饭，要等护工吃过饭，护工才有空过来给郜爷爷喂饭。冬天，虽然开了空调，等护工自己不急不忙吃完中饭，半个小时光景。护工们男男女女聚集在某个没有家属陪伴的房间，围成一圈，说说笑笑吃完午饭，再来喂老人，老人的饭菜就凉了。好几个老人的饭要喂，护工只有一双手。喂完老人，护工的饭也凉透了，一个护工喂饭，确实忙不过来。

小田姑娘每次要用一个多小时的时间，来回两边地喂，才能勉强喂完一顿午饭。护工没有这个耐心，如果小田不给郜爷爷喂饭，或是小田不在养老院，护工会把郜爷爷的菜倒进厕所，用菜卤拌饭，急躁地把饭团碾开，三五下，一勺等不及一勺地往老人嘴巴里塞。剩下的再倒进厕所。喂饭，是护工的一个形式，表示护工履行了他的职责。喂多少？是否每个老人都喂，没有人知道。老人吃得少，营养不良，很快就衰竭下去。

一天晚饭，小田来晚了，护工给部爷爷喂的饭有些快。护工把他菜盆里的肉圆子、韭菜炒肉丝倒进厕所，用剩余的菜卤拌饭，三五口喂下去，剩余的大部分倒掉。护工前脚出门，部爷爷半躺在床上，头一歪，全部吐了出来，脖子里、床上、地上都是。这些饭是没有经过咀嚼，硬塞进去的。小田去喊护工，护工回来用毛巾把床上的饭擦在地上，再把地上的饭扫走。护工没有把部爷爷吐到脖子里的饭清理出来，护工就和别的女护工一起，偷偷逛超市去了。

养老院是禁止护工上班时间逛超市的。而护工24个小时上班，没有任何私人时间处理自己的事务。虽然养老院包吃住，护工、医护、老人吃一样的饭菜。护工有吃有睡，并不代表护工可以长年累月过这样的生活。护工有时候需要购买生活用品，偶尔，也需要买点新鲜食物改善生活。她们买些生鲜食品，放微波炉加热一下，几个人聚在一起，算是改善生活。养老院的微波炉每次只能加热很短的时间，怕老人家属和护工私自加工食物，微波炉是给老人加热饭菜牛奶的，生鲜是禁止加工的。

小田在场，这一切看在眼里。护工跟她说笑，讨好她，让她不要说，装着不知道他们出去逛街。小田说，去吧，不要耽误时间，一会儿天黑了，快去快回，晚上，外面冷。小田想，养老院规定，上班期间护工不许外出，可是，护工没有休息时间，夜里还要起来给老人翻身、喂药，护工也是人，长期工作下来，护工也会崩溃。养老院要对护工人性，护工才能对老人人性，不然，护工会把长期积累的压抑宣泄在护理的老人身上。

护工逛超市以后，小田去洗手间拿了郜爷爷的毛巾，用热水洗热了，帮郜爷爷擦洗脖子里吐的饭。郜爷爷脖子上的大围裙，是吃饭的时候用的，护工给他挂在脖子上，很滑稽地耷拉在他胸前，郜爷爷有些不好意思。小田意识到郜爷爷的羞赧，打岔说，爷爷，你的眼睛好亮啊，你年轻时候眼睛一定更亮吧？郜爷爷说，是的，是亮的。小田问，你是哪里人啊？天津人，后来学医，当了医生。先在北京工作，后来派到土头城，组建了土头城的医院。小田问，你家住哪里啊？我家住？郜爷爷陷入沉思，他想了一会儿，郜爷爷离开家很久了，他知道他再也回不去了。他有些伤感，家，曾经是多么熟悉的地方，他和老伴度过了多少美好时光的家，现在，变得陌生又遥远，远得一时都想不起来。他是有家的，北京的一个家，政府奖励的一栋别墅，别墅有前后院，前院种了什么花，郜爷爷想不起来了。后院有两个停车位，有高大的乔木，还有桂花。土头城的一个家，早年医院分配的。洋房，平层。老家天津还有一个家，他想起了自己的父母、兄弟。现在，这些亲人都在哪里呢？他的脑海里轮番上演这些家的碎片，就是想不起来一个完整的家的样子。他的一生有过这么多的家、这么多的亲人，现在，这些都去哪儿了？人生，多么虚无。所有得到过的，终将一无所有。

以后的日子，小田每次来都带两份食物，除了父亲的食物，还有郜爷爷的紫薯、柑橘之类。两个老人都喜欢吃巧克力，小田去美国，背了各种巧克力回来。郜爷爷像孩子一样爱吃甜食。吃饭张小口。但是，给他一个柑橘，他会自己剥，仔细地把柑橘皮下的丝络组织剥离干净，一瓣一瓣塞到嘴巴里，有滋有味地咀嚼，咽下去。小田想，不是他爱吃柑橘，而是他的身体太缺乏维生素。

病房里死气沉沉的，小田进门就像一只百灵鸟。飞进飞出。她开电视，放唱歌比赛的节目。打开水，洗茶杯。她给自己的父亲擦身体，洗脚。父亲的脚上全是老皮，层层脱落，黑色，咖啡色的。指甲内层厚厚的疣子，她用指甲刀剪，脚指甲和肉连成一体，一不小心就剪出血来。小田有些愧疚，赶紧去护士站，找护士要创可贴，给父亲包起来。忙完把父亲抱上床，父亲还能动，体谅她瘦小，尽量配合她，基本不需要喊护工过来。

郜爷爷看看电视，看看她。四目相对，郜爷爷眼睛晶亮的。多数老人到了这个年纪眼睛都是浑浊、模糊不清的，就像老田。浑浊的眼球仿佛失去瞳仁。但是，郜爷爷相反，他的眼睛依然像孩子一样晶亮。小田会逗他，郜爷爷，你好帅啊，年轻的时候，是你追求奶奶还是奶奶追求你啊？郜爷爷微微笑起来。她期盼地望着他。郜爷爷认真地说，是我追求她的。她也很漂亮。那是啊，小田说，奶奶年轻时候一定很漂亮，她现在也很灵秀，一点都不驼背，走路像微风吹起的蒲公英。郜爷爷开心了，很放松的样子，吃小田塞到嘴巴里的食物，不再像刚来的时候，不好意思，还保有一个老知识分子的尊严，客气地说，我不吃，谢谢！

现在，他什么都吃，只要是小田喂他的食物，也不说谢谢了。爷俩很默契的样子。小田的父亲也不吃醋了。后来，郜爷爷脑部肿瘤发展到晚期，高烧，喘不过气。他被送到一条街之隔的另一家医院抢救，两个星期之后送回来，他已经不会张嘴，开始鼻饲。

但是，他的眼睛依然灵活。小田逗他，我两周没有看见你了，你到哪里去玩了，你想我吗，我可是天天想着你呢。郜爷爷的眼睛盯着小田，什么话也说不出来。小田说，你要是想我就眨眼睛两下，要是不想我就眨眼睛一下。郜爷爷眨了两下眼睛。小田咯咯笑起来，开心的样子，这样看来，你是想我呢，我也天天想着你。说这话的时候，护工在给郜爷爷鼻饲，他的养女就坐在小田身后的方凳子上，看着这爷俩对话。

2016年6月8日下午，郜爷爷被转移到另外一间病房。他被转走的原因是挨打。郜奶奶投诉养老院的院长，有护工打他。真相是他跟老伴告状，护工对他粗鲁，把他当砖头扔在床上，不给他吃饱，让他天天睡尿湿的床垫。郜爷爷的老伴是三甲医院的专家，87岁的年纪还在看门诊。郜奶奶奇怪，掀开郜爷爷床单，床垫是干的，郜爷爷让她再掀开床垫，看看床垫下面的气垫床，果然，气垫床是湿透的。她问老伴，为什么不喊护工给你换床垫，郜爷爷说，不敢喊，怕喊了，护工不耐烦会打人。

小田在病房。老田的床与郜爷爷的床靠在一起。小田天天过来伺候父亲。郜奶奶望着小田的眼睛问她，护工会打人吗？护工当然会打人，她手机里有照片为证，她保留了这些证据，如果郜奶奶要看，她可以调出来给她看。小田还说，郜爷爷的床单和床垫经常尿湿，他就睡在尿液上，每周你们来之前，护工才给换上干的。

郜奶奶听了什么话也不说。她对小田没有表示一丝谢意。尽管小田在照顾父亲的时候，顺带照顾了郜爷爷。她并没有要求郜爷爷和他的家属感激她，她只是觉得郜奶奶每次来都不跟病房的任何人说话，摆出一副高高在上的姿态。她想，郜奶奶在医院当领导习惯那样子吧，小田这样安慰自己。现在，郜奶奶给郜爷爷喂蛋糕，剥蜜橘。临走，高傲地从小田面前走过，像没有看见她一样。

郜奶奶直接去找养老院的院长，要求调换房间。院长说，好好的，为什么要调换房间？哪里不周到，我们尽量调整。她说，没有什么好解释的，换个房间，不然，我会投诉你们的。院长说，您老不要动气，我们哪里不周到，说说看，也便于今后管理。小田有护工打人的证据，什么也不要说，立刻给我们换房间。院长不再辩解，说，男护工少，即使调换了房间，也是原来的护工护理。郜奶奶说，必须把打人的护工炒鱿鱼，这样品德的人，不能留在这里。她坚决要求换护工，郜爷爷身体瘦小，破例，换了一个壮实的女护工，这是一间单人房。

郜爷爷离开了原来的病房，小田姑娘不放心，喂过父亲，去看看他。他的脸上有两根管子，一根是氧气管，氧气管的一头挂在墙上，冒着泡泡，表明他在呼吸氧气。另一根是鼻饲管，一个眉目慈善的女护工弯腰在床边，正往他的鼻子里推送一种黄颜色透明的水样流质。郜爷爷的养女坐在凳子上，和养父保持了一定的距离。她告诉那个热心的小田姑娘，我爸爸上午危险，刚被抢救过来。

郜爷爷之前被转院抢救过一次，小田想当然地认为他肯定能平安回来。他果然平安回来了。但是，他比过去更虚弱了。小田每天都去养老院，中午、晚上，她都代替护工给郜爷爷喂食，给他带好吃的换换口味。

现在，郜爷爷换了个一人间的病房，他一天吃几次、吃多少，都没有人过问。也没有人去和他搭讪，聊天。他更孤独难熬了。

晃眼到了秋天。那天晚上，小田走的时候，大声对老人说，郜爷爷，明天，我要出差，暂时不来了，你等我三天，三天后我来看你。小田在病房门口回头，抛给郜爷爷一个飞吻。郜爷爷眼巴巴地看着她不语。微微点头，微微抬脸试图看清她的样子，眼睛亮晶晶的。

小田回家了。她从电梯下来，在一楼院子的停车场倒车的时候，有工人掀开窨井盖掏淤泥。这里的淤泥与别处的不一样，掏出来的全是黑色塑料袋子，一袋一袋的淤泥，工人说，都是护工丢在马桶中，冲进下水道的垃圾，护工丢尿袋、屎袋，丢习惯了。养老院严禁护工把垃圾丢马桶，但是，护工照样丢马桶，每个房间的护工都这样丢，有垃圾桶，他们也不愿意丢，就是喜欢丢马桶，养老院虽然每天查房，对护工有严格的管理制度，执行起来却比较难，没有人监督，护工就会偷懒。养老院只好定期掏窨井，不然，下水道早就被塑料袋堵塞了。

三天后，小田没有来。她忙着带父亲去外面的饭店过中秋节。第五天，想起郜爷爷的时候，中秋节已经过去了两天。她去看他，护工告诉她，郜爷爷昨天走了，一个人走的，家属都不在。小田转身跑出门外，她一个人躲到顶楼露台的拐角，默默流泪。她不知道，自己为什么要哭。有些愧疚，食言了，辜负了一个老人的期盼，不然，郜爷爷不会走，答应他三天的，他等了她三天。她忙，总是忙。郜爷爷等不及，走了。他走得平静，慢慢地没有了鼻息。他走后，他的女婿来过，办理手续，还去小田父亲的房间看望了老田，跟小田聊了几句，算是招呼。小田，这个多情的人，她什么也挽留不了。她为自己的无能为力而伤感，她对自己的责备是一种朴素又真挚的情感的流露。她是那黑暗尽头的一束光。

第六章　雪地栖身

老田，男，84岁，半身不遂，退休公务员

病房里少了一个人，护工会跟小田父亲开玩笑，护工说，老田啊，你女儿真孝顺，你不拿两个钱给你女儿花花吗？老田说，给她干什么，她又不是我家人。护工说，你儿子一个都不来，都是女儿照顾你，女儿天天来，一天两顿饭，哄着你吃，天天带好吃的给你，你有这个女儿真是修来的福气。给她两个钱也是应该的，你退休工资多少啊？

8000多。工资卡在儿子手上，我的工资要付这里养老的费用。这里就收你4000不到，还有4000多，给女儿两个，相当于找钟点工。老人哈哈大笑起来，给她干啥？她又不是儿子，我没有钱给她。哪个呆子把钱给外人。

这些话，小田全部听在心里，躲进厕所抹眼泪。她委屈，你不给就不给，我也没有跟你要。干吗说这么伤人的话。她气得手发抖，血压升高。见人就说，她给老头气得血压升高了，她摊开两手，给人看，她的手在发抖。脸涨得通红。这样没有脸面，这样伺候他一场，反过来说我是外人，哪个外人这样巴心巴肺地伺候你。原来父亲一直就把女儿当外人，他在沾外人的光，理所当然地把钱财留给自己家人，可是，自己家的人从来不到养老院看他。

小田以前中午睡在老田脚边，搭个布躺椅。陪老人闲聊一会儿，打个盹。两点起来喂下午的营养汤。现在，小田喂完中午饭就走了，她回家睡午觉。她的家不远，几站路。躺在家里的大床上，盖着薄被，很放松。不像在养老院，随时担心什么人进来，要起身招呼。父亲随时会喊她喝水，翻身，吃零食。有时，刚睡着，护工摸进来，吵醒她。布躺椅放下来很低，地面发出的声音格外吵，走廊的脚步声，护士来发药，护工来上洗手间，家属走出走进，各种声音，即便是午休，也很难不被人吵醒。她很少能睡个安稳觉。在家可以安睡一会儿，心里反而不踏实，担心父亲没有人招呼。真贱，她扇自己的脸，就配被人吆喝，伺候人，还被当外人看待。她中午回家准备晚上的饭菜，买好，洗好，配好，晚上回家就从容一些，儿子放学，丈夫下班也能吃到现成饭。她不能光顾了老人这头，亏欠了自己的小家。事实上，从老田入住养老院起，她就一直亏欠孩子的晚饭，父子两个的晚饭总是凑合着吃，儿子正在长身体，准备高考，对父亲照护多了，对儿子呵护就少了，她就一个人，一份时间，她总是处在自责中。

护工跟老田闲聊，你的房子给哪个了。老田说，当然给大儿子。工资卡呢？工资卡给小儿子。存款呢？存款给大孙子买房。女儿呢？你给女儿什么？女儿又不是自己家人，给她做什么。老田不屑的样子，很得意，他每次说这话的时候都开心的样子，他有两个儿子，多么得意，坦荡荡的，理所当然，半瘫在床上，微微抖着小腿。他这辈子对得起自己的儿子了。嫁出去的女儿，跟他没有关系。

上个月，他午睡的时候，护工抱他上床，没有抱稳，他的一条小腿，被护工挤压在床边的铁架子上，伤了胫骨，护工不承认。小田找过养老院，没有说法。换一家养老院，会有新的问题。她也决定不了父亲到哪一家养老院。她唯一能做的是每天给老人用热水泡，抱在怀里，一边按摩，一边跟别人有一句没一句地聊天。她给老人抠脚丫，捏脚。买了一套修脚的工具，给他剪脚指甲。老人的脚指甲像树皮一样厚，很难修，小田用热水泡软了，用推子慢慢磨。小田还找了剃头的师傅来给老人剃头。她打算自己学剃头，以后，就不要出去找师傅。

过完年，拿工资卡的儿子不肯来交住院费。因为他发现，老人把存款给了大孙子，老头太不公平了。医院跟小田说，到缴费时间了。喊你哥哥来缴费。小田给哥哥打电话，哥哥说忙，没空。容不得小田解释，就挂了电话。养老院多次给老田的小儿子打电话，告诉他已经拖欠一周的住院费。小儿子推托自己身体不好，不能到医院。没有人给老田交钱，养老院只能让老田出院。

眼看着老人要被赶出医院。小田跑哥哥家去找人，哥哥说工资卡不在我手上，我也没有办法。她找二哥去，敲门敲了半天，以为没有人在家，去楼下看窗户，窗户的灯亮着，家里是有人的。朝南的两间卧室挂着厚厚的窗帘，隐约可以看见灯光。她打二哥电话，二哥不接。只好转身上楼，再继续敲门，不理。敲急了，用脚踢、踹，终于，二哥穿了睡衣，慵懒地开了一道门缝说，深更半夜，你干啥不行，有你这样砸门的吗？她说，你去养老院给爸爸缴费，已经过了一个星期，养老院明天就要赶人了，他没有地方住。二哥说，我生病了，没有工夫去交钱。她说，我上次给你打电话，你就生病了，哪里不好啊，这是送你的水果，她把一个果篮递给二哥，试图推开门缝。二哥说，这水果你自己留着吧，还是不肯开门。你没有空去，把爸爸的工资卡给我，我去交钱，交完这个月的费用，我就送来给你。他说，你还是找爸爸去吧，他把存款给谁，谁给他缴费。这个事情真不该找我。说完，轻声却是用力地关紧了房门。

两个哥哥互相推诿，谁也不肯来交住院费。小田推着轮椅里的父亲在医院走道默默流泪，有几个家属出来看他们，安慰，劝解，叹息。也有不服气的，让小田到法院起诉两个哥哥，这是后话。目前要解决的是眼下，眼下就是吃午饭的时间，护工把早上剩的一个馒头递给小田。

真丢人。小田推着老人，哭一会儿，走一段。昨天已进入二十四节气的小雪，北方大雪飘飘，土头城也飘了一天的雪。微信好友圈里的朋友们都在晒雪景图片。大地上一片白雪皑皑，在这洁净的天地间，如果能推着轮椅里的父亲在雪地里赏雪，是多么美好的事情。

可是，老人没有着落，小田哪有心思赏雪。雪不是美景，雪是小田带父亲生存下去的障碍。小田用手指触摸老人的脸，他的脸像一座雕塑，冰凉的，没有任何反应。已经过了中午吃饭时间，老田也不说话。他想，反正自己是有儿子的人，他们不会不管他这个老子。现在是新社会，新社会人人有饭吃，还怕不给他饭吃吗？小田就是轻浮，一点不稳重。不像他的两个儿子稳重。他的儿子在单位做领导，领导哪里有不忙的呢，他们只是忙碌。或者有点感冒什么的，等过一段时间，他们就会来看他，去养老院给他缴费了。他很淡定，不像小田这样着急。他甚至看不起小田这样小题大做的样子，多大的事情啊，推迟几天交钱能急成这样。

小田不这样想。小田脑袋瓜里想的是现实问题，现实是他们被赶出了养老院。中午吃饭在哪里，晚上睡觉在哪里。父亲要尿尿，不能尿在轮椅上，天气这么冷，老人说来了尿意就要给他尿，一下都不能忍。总不能流落在街头，这么冷的天，一夜过来，老人就冻死了。如果父亲有个三长两短，两个哥哥说不定还会来找她麻烦，怪罪她没有照顾好父亲。这样的结局想想都后怕。雪夹在风中往衣领里钻，父亲的头上、耳朵上、鼻翼都是雪，父女俩在风雪中哆嗦着。他们没有打伞，在大雪中徘徊，引起路人的好奇，匆匆赶路的行人驻足看他们一眼，又匆忙消失了。飞雪中，一切都是移动的、变换着的，只有街边卖包子的店铺有热气飘出来，瞬间，被冷风吸走。小田有些腿软，推不动轮椅，她感到饿的时候，就会发慌，浑身像散了架一样。她把轮椅搁置在路边，刹车固定好车轮，跑上人行道逼仄的路牙，去包子店买了几只热包子。边走边大口往嘴里塞。

最终，她把坐在轮椅上的父亲推到自己家去。她用干毛巾把父亲头上、脸上的雪拍打掉，从轮椅里抱起老田，搬到床上，让他躺下，脱了棉袄，给他盖好被子。把养老院带出来的零碎物品收到橱柜里。然后，去厨房热好一条煮熟的鱼，把鱼肚子上的肉剔下来，用嘴唇抿一下，确认没有刺，再喂给父亲。她喂刚出锅的蒸鸡蛋，用嘴唇抿一下温度，不要烫着他。她说，爸爸，我小时候，你这样喂过我吗？老人不语。

她给老人洗脸，把老人的头揽在怀里，用毛巾轻柔扒开层层叠叠的眼皮，粘去眼皮内外的眼屎。像对初生婴儿一样。她问，爸爸，我小时候，你这样给我洗过脸吗？老人还

115

是不语。

在小田家过了几天，老人适应了，不想走。老人对小田说，我都这么老了，钱给儿子是天经地义。我一天就要你给我吃两顿饭，也没有什么花销。我不会给你添多少麻烦。小田心里哼哼，嘴上不说。她体谅父亲的苦楚。但是，照顾老人也不是父亲说的这么简单，一天两顿饭。如果真是这样，叫外卖好了，她甚至愿意做好两顿饭，送出去，送到哥哥家，让父亲去哥哥家住一段时间。人老了，是装糊涂还是真糊涂。人都是自私的，父亲就是不想麻烦儿子，不想让儿子操心，宁愿自己流落街上，也不能动了他们的毫毛。他们是他的幼崽，他要保护好他们。可是，她呢，她是什么？父亲拿她当什么？她在他心中不过是个外人。

她用 iPad 给老人放电影看，趁这个机会去揉面包饺子锅贴。老人想吃锅贴，冰箱里有牛肉馅，刚把馅子拿出来，就听见他喊她。跑去一看，是屏幕自动跳闪，一会儿就会正常，但是，他不能等待，他像孩子一样没有耐心，一有任何小问题就喊小田。

去厕所小便的工夫老人也喊她。洗手洗一半，老人又喊起来。他就像一个离不开母亲的婴儿，一不见她的影子就

116

喊。有时候，小田忙碌一天都没有时间吃饭，要等到丈夫下班回来，她才有工夫吃饭。老人在家的日子，她忙得一天就吃一顿晚饭。

实在是什么也做不了，连淘米的工夫，老人都在喊她。她满手的米，跑到他床边说，爸爸，你不要老喊我好不好，我什么事情也做不了，连晚饭都无法做，你晚上吃什么呢？老人想想，也是，晚上要吃饭。安静了一会儿，小田把米淘洗好，又听到老田喊她。老人的记忆短了，记得一会儿，很快就忘记了之前的嘱托，喊小田喊得不停，小田就像一个铆足了劲的发条。好在夜里，老人不喊她了，老人忽然想起来，小田搬动不了他。

老田在夜里开始喊女婿的名字。翻个身，喊一下，醒来，喊一下。一会儿，要喝水，一会儿要小便。女婿说，导尿管是好的，你小便。尿液就顺着导管流下来。老田不吱声了。女婿关灯，回自己房间睡觉，刚睡着，老田又喊，这次要翻身。他屁股的左侧有个褥疮，女婿让他尽量往右侧睡。女婿一走，他自己就翻身到左侧。女婿发现，再把他翻身到右侧，不让他往左侧翻身。床里堆了被子，被子上压一把沉重的椅子。左侧没有位置翻身。

女婿回房，刚睡着，就听见咚的一声巨响。两口子吓了一跳，以为老人滚下床。两人光着脚，跑去一看，原来是老人把椅子扔到地板上了。被子也掉在地上，人又滚到床里面。翻身到左侧睡觉。看到女儿女婿惊讶的面孔，老人缺了半颗牙齿，咧嘴，一脸狡狯的笑。

难以想象，老人会有这么大的力气，在黑夜中，躺在床上，搬动这么重的椅子，并把椅子扔到地板上。他明明能自己翻身，为什么总是不断喊他们。他平时膀子一点都不能动的样子，可是，椅子是通过他膀子摔在地上的，他的膀子怎么能动起来。好在女婿容易入睡，一夜起来十几次也能睡着。女婿一大早就走了，外孙也要面临高考，早早去了学校。一个白天，都是小田在家陪伴。有一天，她把父亲抱到轮椅里面的时候自己的腰闪着了，半蹲着，不能动。

给大哥打电话，大哥说没空过来。给二哥打电话，二哥说有病来不了。小田只有给丈夫打电话。

小田的儿子面临高考。她自己的腰闪着，躺在床上不能动。老人没有人照顾，坐在轮椅上，被四个大汉，四个角度，用绳子捆了轮椅四周，前面两个大汉背在背上，后面两个大汉抬着，人坐在轮椅中被抬下楼，送回养老院。老人女婿出的钱。两个儿子，一个也不管，这辈子，小田都不想见他们了。

现在，老田独自在养老院，两个儿子，一个女儿，各自都有怨气，没有人去照顾他。他想，反正自己是有儿子的人，养老院也不敢拿他怎样，这个社会，总会有人管他的。该吃饭的时候吃饭，该睡觉的时候睡觉。过去小田管着他，总是给他加餐，带鸡汤骨头汤给他喝，他不想吃的时候，也要哄他骗他吃，现在总算自由了，想吃就吃，不想吃就拉倒。实在熬不住再给女儿打电话，料她也不会不管他。

第七章　操控机器人

赵大妈，76岁，高校退休干部，帕金森症

赵大妈退休之前是一所大学的财务处长。她是北方人，热情耿直，同事关系相处不错。赵大妈的老伴去世后，她一个人住在单位分的大房子里。房子有前后院，老伴种了不少花草，还养了一只狗。儿子孙子，女儿女婿，双休日家里很热闹。这是赵大妈家的鼎盛时期。随着老伴的去世，一个大家庭团聚的场景越来越少。老伴去世后，花草长期没有人打理，陆续枯萎死亡，花盆就堆在墙角。后来，小狗也丢失了，家里更冷清。

女儿给赵大妈买了一条同样的小狗，赵大妈说，哪个让你买的啊，没有经过我同意，小狗买回来了，你想造反。这条小狗花了多少钱？女儿耷拉着眼皮不语，她想，如实说吧，她肯定嫌贵，说便宜了吧，她又怀疑是病狗或其他问题。为了这条小狗，赵大妈把女儿骂得很久都不愿意回家。

后来，赵大妈得了帕金森症以后，儿子建议她去养老院，她拒绝到养老院。她说，非去不可的时候，她要约了她过去的同事一起去养老院，大家住一个房间。儿子说，你过去在单位管她们，她们都胆怯着你，退休了，还想过以前吆三喝四的日子，你以为她们喜欢你，做梦去吧。

赵大妈最终还是选择和女儿生活在一起。当然不能跟儿子住，拖累儿子。如果跟儿媳妇有了矛盾，儿子也尴尬，破坏了儿子的小家，这是赵大妈最不愿意的事情。所以，无论赵大妈跟女儿关系如何冷漠，她都坚持不肯搬家。自己的老屋出租，租金交给女儿做生活费。工资自己零用，一个月9000多元的退休工资基本没有地方花销。逢年过节的时候给孙子压岁钱，厚厚的一个大信封。外孙舍不得给，给也是象征性给一点。孙子是自己家人，自己的钱就是孙子的钱，现在不给，死了再给，遭人骂。赵大妈这几年，因为帕金森症越来越严重，被儿子送进了医院治疗，儿子每天去医院看她。

治疗一段时间，病情稳定后，儿子去接她出院。从医院住院出来，闹着要回家，想去儿子家，矛盾，心疼儿子工作忙碌，还要照顾丈母娘两口。到女儿家，女儿又不肯来接她，母女两个长期不和，见面都不说话。自己的老屋租了出去，按说可以收回来再去住，但是，赵大妈目前的情况是根本不能一个人生活，她走路不稳，动辄就会跌倒，从床上起来都需要人帮助。折腾半天，还是被儿子送到事先联系好的养老院。

之前，儿子已经跑了十几家养老院，目前入住的这家养老院是河西一带条件较好的。赵大妈在家一直是强势人物，老伴、儿子、女儿，绝对要听她的话。这个北方女人高大、彪悍，发起脾气来，不亚于男人。她的老伴、儿子脾气特好，比一般男人温顺、和蔼。世界就是这样一个悖论。

赵大妈跟女儿童童一起生活。童童被她管制，40多岁的处级干部，单位出去旅游，去不去，都要由赵大妈决定。看一场电影，回家也要跟赵大妈汇报。在赵大妈长期高压管制下，老伴抑郁，肝癌。去世多年后，赵大妈感慨孤独。想搬家，跟女儿住。童童说，你天天在家骂爸爸，现在，终于把爸爸骂死了，你称心了。赵大妈说，他死不是我骂的，他是得病死的，你嘴巴有毒，不得好死。

童童反驳，我再不得好死也是死在你后头，看看哪个先死。赵大妈嘴硬，笑起来，黄土下面不分老少，你好好活着，小心不要死在我前头，给我看笑话。

这架吵过，住在一起的母女彻底翻脸，见面不再讲话。母亲房子的租金给女婿，不再交给女儿，算是母亲的生活费。工资卡在母亲手上捏着，谁也动不了。吃饭的时候，外孙喊，开饭了，一家人坐在桌子边上，默默吃饭，不说一句话。赵大妈一离开饭桌，三口之家就有说有笑其乐融融。赵大妈心里堵得慌，又无处发泄，天天生闷气。赵大妈被隔绝在女儿一家的世界之外。童童再也不肯跟赵大妈说一句话。

夜里，赵大妈要起床尿尿十几次，她拒绝用痰盂，走路不稳，就免不了摔跤，跌在地上，脾气倔，就是不出声。等女儿女婿发现，把她抱起来，扶到床上。这样的事情多了，严重影响到赵大妈的生活。赵大妈白天趁女儿一家不在家的时候，给儿子打电话，诉苦，电话拨通就聊几个小时。儿子要工作，不能天天跟母亲聊天，儿子只好劝慰母亲。每次挂电话，母亲就在电话里哭起来。儿子心里难受，决定让母亲和他一起过。母亲不肯，母亲说，女儿怎么骂，都没有关系。儿媳妇不能骂，我去了你家，万一跟你媳妇闹翻了，搞得童童看我笑话。说我不好，跟谁都处不来。

这种尴尬的日子熬了一年，赵大妈终于病倒在床上，起不来了。她病重住进医院手术。手术后，要出院。住哪里呢？白天，女儿家里没有人，赵大妈再摔跤就危险，她自己也害怕。虽然她一直嘴硬，不肯进养老院，她要联系昔日的同事和她一起去养老院。各家有各家的难处，不是她想象的样子。过去，别人做她部下，听任她派遣、安排。退休了，躲着她都来不及，谁愿意跟她住一个房间养老，受她支派。她自己心里也明白，只是放不下身段，嘴巴子厉害。

赵大妈过去在学校管人管习惯了。在养老院，她管护工，护工不理她。躲在一边，跟别的护工聊天，背地里挖苦她。她安排护士工作，让她们早点到养老院上班。护士说，8小时工作制。她说，中午午休时间不算上班，工作时间累计不超过8小时，不违反《劳动法》。

护士三班倒。工作辛苦，懒得搭理她，觉得这个老太神经病。赵大妈儿子来看望，她跟儿子告状，儿子不支持她，反而劝她不要干预养老院的事务，养老院有自己的工作流程。儿子50多岁的大老爷们，在护士面前赔笑，打圆场，作揖。抱歉，老妈年纪大了，请多担待，有事情找我，真是不好意思。

人老了，脾气会不一样，我们见多不怪。护士长笑笑，说完就算，也不计较。

两年后，还是这家养老院，赵大妈躺在床上，她已经不能翻身了。女儿童童一家三口，节假日来一下，拎了大包小包的礼物，站在床边，女婿跟赵大妈说两句话，童童不语。几个护工围在门口观看，管床的护工挤进来，又是喂水喂药，又是打水擦洗。童童给护工一个红包，一家三口伺机离开。

赵大妈一日不如一日。儿子心疼母亲，辞了工作，天天到养老院陪护。儿子的头发全白了。儿子给赵大妈洗头的时候，发现母亲的白发里还夹杂着一半黑发，儿子头发雪白得一根黑发都找不到。儿子说，妈，你比我年轻呢，你还有这么多黑发，看我，头发都白光了。

赵家大伯从美国回土头城探亲，到养老院来，看到侄子忙碌，给母亲擦身，抠大便，洗屁股，换尿不湿。弓腰驼背，俨然一个小老头。

大伯心疼侄子，看不下去。大伯说，下次，她把鼻饲管拽掉，不要再插了，插了也不能好转，这样拖下去，再拖几年，把你拖垮了。你妈要是清醒，也不希望你这样。你要是真孝顺，就活得有精神头一些，你妈知道也高兴。

　　什么是孝道。儿子反思，从小到大，学校和家长就教导我们要孝顺父母。一个人不孝，还算人吗？什么才是孝顺？大伯是有见识的人，他不会妄言。儿子不忍心，让母亲饿死，遭雷劈。儿子矛盾极了。

　　近来，赵家儿子听说城北水厂附近的一家养老院不错。他在电视台工作的同学介绍的。儿子和同学约好了时间，一起去了。同学的母亲住在那里。她一个人一间房子。山坡上一栋小二楼，草坪边一栋小二楼。一看，就是过去部队的营房改造的。

　　这里环境优美，山坡深里去处，一幅世外桃源景象。景观借着景观，如果是生活能够自理的老人，住在这儿养老还不错。天天出去爬山，散步。可是，大多数退休老人都是恋家的，家里再小、再破，也是自己的窝。人是怕孤独的动物，老人多喜欢扎堆娱乐，哪里闹腾往哪里挤。何况，现在，城市居民居住条件普遍改善，谁不是到了走投无路的地步，是不会主动进养老院的。

电视台同学的母亲是北方人，机关干部退休，工资1800多。老伴在家有暴力倾向，经常是脾气上来，把妻子暴打一顿。好在儿子大学毕业，在土头城工作，买了房子。母亲就来土头城投奔儿子。在儿子家中，母亲总是要做主，一切要她说了算。媳妇受不了，天天吵架。特别是小孙子的教育问题，母亲样样插手，都是奶奶说了算。

闹到最后，婆媳水火不容。儿子面临两个选择，要么跟母亲过，要么跟媳妇过。他毫不犹豫地选择了母亲。儿子和母亲磕磕绊绊地过了一年，自己也受不了母亲处处做主的干预，他意识到自己当初的错误，选择和妻子复婚。复婚可以，前提是把母亲送走。母亲压根就没有和儿子儿媳妇共同生活的心理准备，她还把他们当作孩子，要她呵护，实际上，她自己都保护不了自己，才来投奔儿子。但是，她总以保护者、长辈的姿态在儿子的小家庭里做主人。让老人改变习惯是不可能的事情，意识到这点，儿子只能把母亲送到养老院。他认识这家养老院的院长，给他打折，一个月3000多元费用只收1800，母亲的退休工资勉强维持。

他们的车子在养老院兜风观察的时候，看见一个长发

127

披肩的女院长跑出来，她30多岁的年纪，穿着白大褂，堵在小车前面晃动着白色胳膊喊，张导，你要抽空带你妈妈去医院看看，她尿失禁，总是尿在床上，裤子上也是。张导说，好，我有空会带她去医院。赵大妈的儿子把路上买的水果放在桌子上，闪身走了出去。他受不了房间那股强烈的尿臊味。

张导把母亲扶到外面晒太阳，母亲坐在露天的椅子上，母亲的裤子有一条腿是湿的，尿臊味散发到空气中，隔了距离就闻不到了。张导问一句，母亲答一句。母亲有些迟钝，却是清醒的。张导吩咐她什么，她就答应什么。她现在目光呆滞，反应迟钝，说话慢半拍。晒了一会儿太阳，张导要走了，把母亲扶回房间。一股浓烈的尿臊味袭来，赵家儿子捂着鼻子退出门，看见走廊里歪歪倒倒的老人，像教室的凳子，随意放在某个角落。

没有见到一个穿白大褂的医生或是护士。除了在草坪上拦截他们的院长。院长的脸上布满雀斑，阴郁的灰色，不像一个年轻的女人。赵大妈的儿子觉得这里管理差，房间臭气熏天，没有看见一个护工。床上堆了厚厚的一堆尿不湿和初夏的薄被，床单一小半是潮湿的，一大半是干的，床单底下也是潮湿的，老人就侧着身体，睡在半干的半边床上。张导也想不起来给母亲换条干净的裤子，他们还有事情，急急忙忙地离开了。

回家的路上，张导告诉老同学，他后悔自己离婚又复婚，这是他一生最错误的决定。母亲固然重要，但是，自己的小家庭更重要。单从经济学角度来说，离婚，牺牲的是一家三口。把母亲送到这里，牺牲的是她一个。况且，随着年龄的增长，越来越深地感受到，一个成熟的人不能因为母亲介入自己的生活，就为了孝顺，一边倒地站在母亲一边，与妻子对立。妻子也是另一个男人的母亲。离婚后，儿子的性格变得孤僻胆小，以后，再也不会犯这样的低级错误。以后，我要做一档节目，孝道与人性。估计会被很多老人骂死，台里审查也过不了关。

做节目的，为了过关，总是不敢面对人性。娱乐，娱乐至死。这是最安全的选择。张导一路感慨。一再邀请老同学把母亲转移到这里。他可以让院长打折，半价入院。但是，他的老同学已经打定主意，不搬。这里不适合生活不能自理的老人，虽然风景如画，世外桃源，赵家还是不愿意搬来。

赵家女儿下午机关开会的时候，接到养老院电话，希望她抽空去看看母亲。她语焉不详，没有答应也没有拒绝。下班后，上高架回家，熟悉的道路，天天走的，还是开错了。她的潜意识里在回忆母亲的往昔。母亲的日子不多了，要去看看她。毕竟母女一场。想到这里，车子就开到了去养老院的岔路上。她想去看看她。虽然是下班时间，路上并不堵，车子顺利地开到了养老院，养老院的停车场停满了车子。看到那些并列的汽车，仿佛是对她的一种碾压。她忽然想到母亲平时对她的脸色，阴冷的寒心。脚板移动到油门上，一溜烟，又转返，往家里开去。

　　其实，要往里再开一点，还是有停车位的。她第二天来的时候发现。没有停车位，是自己给自己找的一个借口。离开养老院，回家，回到自己安全的小窝。

　　过几天，一不留神，又会开到养老院的路上，在养老院楼下停顿一会儿，探头看看，甚至连挡位都没有挂到临时停车挡，脚就踩死在刹车上，她胡乱地切换到油门，溜走了。这个时候，往往是她想到赵大妈咒骂她的这句话：黄土下面不分老少。有时候，想到母亲一个人在这里，哥哥忙得可怜，想到哥哥，她就进去招呼一下，给哥哥做个帮手，也是一会儿工夫，就急着要走。有时候，她来送些水果。如果哥哥不在，她递给护工就走，连病房都不愿意进去。

赵大妈最后的日子，跟儿子提出来想回家。儿子问她回哪个家。她也答不上来。她糊涂的时候多，偶尔清醒过来，就闹着要回家。这种情形是无法回家的，已经到了临终的日子，总不能把母亲抱回家去死。但是，母亲是想死在家里的。赵大妈在养老院去世的那天，她的女儿在飞机上。她正飞往马耳他的戈佐岛度假。感谢上苍，给了她这个机会。她不想在众亲友面前装成孝女的样子大哭。她一点都不想哭，更不愿意给母亲下跪。葬礼上，活人给死人下跪，晚辈给长辈下跪，跪得没有理由，跪得莫名其妙。墓地下葬以后，所有来宾都要轮番下跪，哪怕死者是恶棍，也要下跪。下跪，对童童来说就是屈从和羞辱。她被母亲操控羞辱到现在，终于可以结束了。她的膝盖是为了爱去下跪的，单膝跪在婴孩面前，跪在弱者面前，跪在需要她扶助的人面前，给他们以帮助和力量。母亲从来就没有爱过她。母亲一生都在操控别人，她操控单位的同事，操控父亲，操控他们一家三口，母亲从来不把别人当作独立的个体对待，她对上级，俯首帖耳，唯唯诺诺。对下级以及家人，要完全控制在自己掌心。

母亲的存在就是一个操控他者的机器人，真是荒谬。当然，这个世界大多数事物都是荒谬的。只是苦了哥哥，她体谅哥哥的辛苦，她在微信里给哥哥留言：原谅我不能回去处理丧事，家人也去不了，拜托哥哥全权做主！家里所有的存款，抚恤金，房产，都给哥哥。我是外人，求哥哥成全母亲心愿。哥哥辛苦了！

第八章　爱即生

刘大爷，男，97岁，自然衰老，离休干部

　　刘大爷是山东人。日本人侵略到山东的时候，刘大爷正在一家米行做小工。游击队需要粮食，少不更事的刘大爷开仓放粮。抗日救国，这个道理谁都懂，米行的老板心疼大米，又说不出口。找个碴，便炒了他鱿鱼。他年纪小，找不到工作，只好跟着游击队四处打游击。抗战期间，刘大爷入了党，参加了新四军。新中国成立后，他进入大学，任政治系主任，校党委成员。十二级高干。离休工资16000。他住在离家很近的市中心的一家养老院。后来，刘大爷被迁到郊区的分院。这家分院，人不多，家属也不见一个。护工三三两两在木质沙发坐着，站着，聚着聊天，看见管理人员过来，散开，各自回自己的房间。

这是一家民营养老院，有处方权。走廊边，一个住院老妪的身边围着三个女家属，在教她走路，练习手指握住墙上的金属扶手。一个下午，几个人都在努力做这一件事情。

刘大爷有三个女儿，两个退休了。三个女儿轮流每天去陪护他。早饭开始，大女儿去，午饭后，大女儿回家。换二女儿。三女儿双休去，每天只有下午5点到7点之间没有女儿陪伴。老伴双休跟三女儿一起去，有说有笑的。刘大爷的儿子在国外，从来不露面。三个女儿相处和睦。这是刘大爷在市中心的时候。后来，养老院在郊区成立了分院，刘大爷和他的护工一起被迁徙到分院，家人来得就少了。每周去一次，后来是10天半月去一次，三个女儿也不再商量时间，各人有各人的安排，刘大爷见到任何一个女儿，都闹着要回家。可是，老伴容不下家里住一个男护工，老伴看哪个护工都不顺眼，吵翻了好几个护工，刘大爷身子骨重，女儿都不是干体力活的人，刘大爷时刻需要人陪伴，家人只能把他送到养老院。

每次，见到女儿在身边，刘大爷还是想家，他想回家，他总是跟女儿谈回家的事情，但是，回家没有人能搬动他。他在养老院一人一个房间，护工是一对一护理，护工身材高大，体力也好，60多岁，是当地的退休人员。护工的床就在刘大爷的床对面。刘大爷的三女儿每个月来养老院给他交8000多元住院费。另外给护工小费400元。

三女儿把400元钱交到护工手上的时候问，还行啊？护工说，我只护理你爸爸一个人。他们护理七八个人的，每人给300，加在一起就比我多。三女儿告诉大姐，征询要不要多付一点。大姐说不要，他一个人护理爸爸，我们经常去，凭什么跟那些护理七八个老人的护工比，他工资也不比别人低。

一天，三女儿带着老邻居去看望刘大爷。刘大爷没有什么改变，还是老样子，只是比年轻时候苍老一些。邻居说，你爸爸好像一直是老人，没有年轻过，以前就是这个样子。三女儿说，怎么可能，我爸爸当然年轻过。邻居说，我跟你小学同学就住一个大院子，经常到你家玩，看到你爸爸脸上有老人斑，动作缓慢移动到你房间，给你擦拭床架、书桌。那个时候，就觉得你爸爸蛮老，人也和善，对你特别好。

三女儿说，你还记得这些事情啊，我都忘记了。刘大爷最喜欢三女儿了，他说话口齿不清，对谁都爱理不理的。他含糊不清的语言，只有几个女儿能听懂一些。看到三女儿来，他眼睛发亮，深情地看着她，像初恋的小伙子，盯着她，看很久，不眨一下眼睛。三女儿给他吃巧克力、大白兔奶糖。刘大爷不喜欢喝水。他要吃香蕉，三女儿立刻下楼去买。

老邻居按摩刘大爷肩头、膀子，温柔地触摸刘大爷的脸。她发现，刘大爷的白色T恤湿透了几个地方，是护工洗脸弄湿的。她用抽纸垫在湿衣服与皮肤之间。刘大爷，看看我是谁？她脱了眼镜，把脸伸到刘大爷面前。刘大爷觉得眼前的脸有些熟悉，却想不起来她是谁。再想想，我是谁。我小时候经常到你家玩的，你家前面有个滑滑梯，放学，我们就去玩滑滑梯，躲猫猫。我在你家吃过蛋炒饭，老母鸡炖的鸡汤。我还去过你们系里的藏书室，偷看过好多外国书的插图，把插图页码撕下来几张，带回家，贴到我的剪报夹里。现在，我很后悔过去的举动，那些精美的图书被我破坏了。

刘大爷似乎想起来了，他的脸上现出愉快的神情，像看三女儿一样看着他昔日的小邻居。三女儿笑起来，这些事情

136

你也记得，我都忘记了。我偷我爸爸系里藏书室的钥匙，记得。撕书的插画页，不记得了。邻居说，是国外精装书的油画插图，我从来没有看过那么温柔的画面，是西方艺术之类的裸体画和彩色的油画，忍不住，就撕了，你还帮我撕了好几页。

刘大爷，我小时候不懂事，撕书是不对的，我错了，你原谅我吧。刘大爷像是什么也没有听见一样，那些事情遥远得像另一个星球发生的事情，他一点都不记得了。他轻松的表情，嘴里咕哝着，三女儿把耳朵凑过去，对着父亲的嘴。我爸爸说，淘丫头。他知道，你是淘丫头。

两个女人笑起来，在养老院的走廊里推着刘大爷散步，回忆过去，小时候翻墙头，爬树，爬大院门外金川河面上的水管子，一个人掉进河里，另一个人去拉，也掉下去，被读小学高年级大哥的同学看见，把她们捞上岸。

刘大爷的听力没有退化。他在听两个姑娘的对话。两个活蹦乱跳的小姑娘，仿佛就在眼前。时间真快啊，转眼，自己就不能动了。转眼，她们都长大成人，转眼，都退休了。溜达了几圈，老邻居腿不好，要坐下等他们父女。三女儿说，爸爸，我们先走了，过几天再来看你。

刘大爷咕哝，不要走，再等一会儿。三女儿又推着轮椅转了两圈，说，爸爸，天黑了，我们要走了，淘丫头开车来的，她夜盲，看不见路。刘大爷这次没有说话，深情又失落地看着三女儿，像诀别一样。

　　人老了，就像婴孩一样黏人。三女儿感慨。我爸爸怕死，所以，他活到现在。他要是不怕死，他早就死了。淘丫头说，他爱你，我能看出来，他心中有爱，所以，能活下去。

　　三女儿说，他对这个护工不满意。为什么？护工60多岁了，我爸爸说，他是坏人，玩他的鸡巴。可能是护工给他扎尿袋。我跟护工讲过几次，用尿不湿，护工就是不肯，还说给我省钱。我不要他省这个钱，我在网上买尿不湿，整箱买，很便宜。护工顽固，就是不肯用。淘丫头说，男的尿尿会滋到被子上，不像女的，淌到床上。三女儿说，以前，在市中心养老院总部的时候，就是用尿不湿的。这样啊，淘丫头才知道，男人也是可以用尿不湿的。

　　刘大爷的老伴年前摔了一跤，尾骨骨折。三个月后能自己下床，走路，生活自理。但是，再也不肯出门，怕摔跤。每次，三女儿回家，她都要问，刘大爷还想她吗？刘大爷知道她摔跤后，很少提到她。三女儿回家要编造父亲想她的话，告诉母亲，不然，母亲就不开心。

三女儿说，爸爸，我哪天把妈妈送来，和你住在一起怎么样。一句玩笑话，刘大爷惦记很久，每次都问，你什么时候带你妈过来。

刘大爷的儿子在国外，儿子从小就被揍得厉害，儿子对父母没有感情，一个人在外面闯荡，儿子从来不到养老院，儿子的儿子也不来。刘大爷这辈子只惦记女儿，儿子很少想起。但是，这家养老院是儿子给他找的，刘大爷请的是一对一的护工，包含小费，护工每月可以挣到4000多块钱。该吃饭的时候，护工会喂食一大半，倒一小半。生了褥疮，也会通知家属买药，二女儿去探视的时候，老人咳嗽厉害，以为老人快不行了，过了一周去看，又好起来。护工说，给老人喂过抗生素。刘大爷已经在这家养老院住了4年，虽然离市区很远，但是空气新鲜。只是几个女儿来的次数越来越少，他每天都盼着女儿能来，来了也不让走。

现在，刘大爷说话已经含糊不清。最疼爱的三女儿把耳朵对在他嘴上，听他说话，也听不清楚他说什么了。大白兔奶糖的糖纸不会剥了，要护工剥开喂他。

他依然爱吃巧克力，吃大白兔奶糖。他不爱喝水，每天吃奶糖，血糖不高，血压正常。他是山东人，爱吃大葱，一盒甜食点心，就着两根大葱，养老院没有大葱，他也咬不动大葱，三女儿逗他，问他要不要吃大葱，他还是会点头，要吃。三女儿就剥了香蕉递给他，他的右手能举起来，自己把香蕉喂到嘴里。有时候，香蕉在手里伸到嘴边要两次三次，才能咬一口到嘴里，护工说，让他自己吃，什么都喂，他就不会自己吃东西了。

家属来探视的时候，护工对刘大爷照顾仔细，跑前跑后，对三女儿特别殷勤。逢年过节，三女儿会多给他一份红包。但是，三女儿还是不断发现破绽。不能要求护工像对自己的父母一样对老人，护工本人也是60多岁的退休人员。家属唯一感到宽慰的是，这个护工有退休工资，在企业工作过，他的素质要比那些在农村待不下去、在城里没有手艺、对老人没有耐心、恣意虐待老人的护工好很多。护工知道，刘大爷死了，他就少了这份一对一的收入。毕竟，在养老院请一对一护工的老人是很少的。一对一护工的费用是普通费用的两倍左右，没有经济支撑，普通家庭也请不起。

2018年7月，刘大爷已经在这家养老院住了5年，同一个护工陪伴了他5年，两张床在一个宽敞的房间，护工24小时陪伴，护工已经非常熟悉和了解刘大爷的需求。刘大爷的老伴近来行动迟缓，已经不肯出门上街，有一年多时间没有来看望刘大爷。逢年过节也不再提起刘大爷。刘大爷的老伴比他小9岁，刘大爷宠了她和女儿一辈子，现在，刘大爷也不再提回家的事情，不问老伴的情况，刘大爷已经习惯这样的生活，女儿来看望刘大爷的时候，也不提母亲的情况。

刘大爷跟三女儿有说不完的话，他口齿不清，这些含混不清的话语，三女儿猜测着说出来，再反问他对不对，正确，眨巴眼睛，不正确，就摇头。父女俩通过这样的方式交流。五年了，他依然骂护工是坏人，玩弄他的鸡巴。刘大爷只有两个诉求，吃糖、再陪我一会儿。每次，几个女儿去看他，都不让走，特别是三女儿，拉着她的手就不肯松开。再待一会儿，再陪我几分钟，几分钟过后，再陪几分钟，循环往复。

第九章　死亡的味道

栀子花多在端午节开放，野地里，寻常人家随处可见。每到吃粽子的季节，它们白色的花瓣，镶嵌着绿色丝边，慵懒地伸展出来，一种复调的吲哚。栀子还带点土气，水氤氲的，凑得越近，香气越浓，浓到极点，便是《歌剧魅影》里面那个戴着面具的魅影。

我种栀子花多年，对这种花情有独钟。一些晴朗的早晨，我给花树的根基施肥水，枝叶喷洒磷酸二氢钾。今年，到了吃粽子的季节，满枝头的花苞，鼓胀的就是不肯开放。直到我闻到了死亡的味道，它们铺天盖地般争相怒放，每天清晨，摘一箩筐，带到父亲居住的养老院。

父亲身体很棒，没有任何疾病，体检的各项指标比健康的年轻人还好。他1.8米多的大块头，天天骑自行车出门。我经常左手抱着女儿，右手搂着父亲的腰身，坐在父亲的自行车后座，从父亲居住的地方到另一个地方。现在想来，那个时候的父亲年近80了。他87岁的时候，每天下五楼，骑自行车去小红山兜风，看四季的风景，溜达一个上午，中午回家。这种骑行，从退休开始，维持了几十年，直到他的膝盖退化，不能再爬楼梯。

体质这样好的人，终究也有一死。中国人忌讳谈论死亡。谈死的人，是对逝者的不恭，是对自己的不吉。所以，没有哪个傻子愿意去探究人的死亡。而我却迈不过这个坎。自从家里出现一个鼻饲的没有知觉与思维的植物人婆婆，一个同样鼻饲、思维清晰、不能言语、听到安德烈·里欧的曲目会流泪的父亲，整天盘踞在我脑海里的这个问题就越发顽固。

人要怎样去死，才能死得轻松，死得尊严，死得没有痛苦或是尽量减少死亡之前的痛苦？死亡真的是万劫不复的深渊吗？死亡可以像生一样自然、欢欣吗？

父亲在养老院三年，我跑养老院三年，见证了各种死亡。多是老人的正常或非正常死亡。由于膝关节老化，长期瘫痪在床，父亲已经不能翻身。时间久了，肺部感染。父亲93岁这年春天，断断续续高烧，每次用药，一天就会退烧，持续5天一个疗程。有时，退烧神速，就不再服药，基于他的体质好。这种状况前后维持了一个多月。只是发烧的密度开始升级。紧接着，刚退烧，又发烧了，而且从38度直接上升到39.8度，这时，抗生素已经不起作用。

父亲烧得昏迷。我伸手触摸，浑身烧得滚烫。去找医生。医生说，不能让老人活活烧死。用冰袋降温。护士长让我们去买额头用的冰贴。一会儿，体温降到39.7度。

冰袋拿来后，包了毛巾，放在他的头顶、腋下，轮流置换，防止冻伤他。冰贴贴在脑门上，温度还是降不下来。

在他持续高烧39度多的时候，医生让我用酒精擦身，不要擦胸口、心脏和脚底部位。护士送来了酒精。由于老人不能动弹，护工为了便于擦洗，之前就用剪刀剪开父亲的衣服。我给父亲的身体擦拭酒精，头部、脑门、脖颈、后背、腋下和腿根部是重点。最后，擦小腿的时候，发现他的小腿皮肤像水面，泛着光泽，忽然就想到《香水》这部小说里的一个词，尸蜡。

酒精擦身很管用，一会儿工夫体温就降到38.6度。医生看后，建议给父亲吊氯化钾、维生素C，增加电解质。征求我的意见。我的常识是能不吊水尽量不要吊水，特别是衰老的人，增加心脏负担，导致血压升高，再服用降压药。一系列的连锁反应。后来，先生说，现在的情况可以吊，通过血管快速降温。医生开了三天的处方，每天吊500毫升的液体，吊滴很慢，8个小时才能吊完。

我这个不懂医学的人，每一个决定都关系到父亲的疼痛。而我是如此地不懂死亡，不懂什么叫临终。父亲的喉管发出开水煮沸的声音，呼吸沉重。他时常陷入昏迷状态。

我学着护士的样子给他吸痰。吸痰之后，他的喉部会平静下来，粗重的喘息没有了咆哮的杂音。大概是喉管的液体排出了。这个时候，他醒过来，睁开眼睛，我看他，喊他，他的眼神空洞，好像什么也没有看见。呼吸顺畅后，平静地睡了一会儿。只是一会儿时间，喉管的咆哮再度出现。他的呼吸重新变得粗重，吸痰的频率越来越频繁，睡眠也越来越短。医生说，他的两肺里面都是痰液，一般老人早死了，你父亲的生命力太强，高烧昏迷十几天还在拖。

每天早上，刚出电梯大门，医生就会堵着我的路，告诉我父亲的状况。这个年轻的医生，热情，耿直。我们躲过养老院早起的其他老人，在安全通道的僻静处，我问他：我父亲还有多久？他说，一般老人早死了，这样持续的高烧，年轻人都受不了，90多岁的老人，扛到现在，是个奇迹。

我不要奇迹。继续问，父亲还有多久？这是我最想知道的问题。我要告诉一些需要见他最后一面的亲人，安排下面的日子，这样艰难的日子还能坚持多久，怎样煎熬下去。母亲见人就絮叨，他再不死，把我拖死了。这种案例不少，她天天去养老院，风雪无阻，一千多个日子，常人也会崩溃，何况老人。这种啰唆，我理解。但是，在父亲还有听力的时候，无所顾忌地絮叨给他听到，还是让我心里异常难过。

医生给我追问急了，说，三五天吧。他低头沉思，又改口说，也许能拖半个月。真是难说，你父亲生命力太强，医生的头直摇。大概他年轻，还没有遇见过生命力这样顽强的老人。

几个值班医生反复劝我们转院，晓以利害。转到附近的大医院。大医院的医疗条件好，各种检查，细菌培养，可以准确下药，大医院的抗生素也比养老院的好。再不行，还能切气管。

但是，我在养老院三年见到的各种转院，多是没有好结果的，转几次回来，老人就不行了。转一次糟糕一次，转院对这些老人来说，意味着死亡。这些昏睡的老人，连医生的指令都接受不了。没有检测报告，医生是不会用药的。大医院各种医疗设备齐全，一套流程走下来，折腾过后，衰弱的老人就挂了。像父亲这样的高龄，更是如此。

以前，有过一次，一向健康的父亲突然高烧。坐在床边往地上滑。我们像赌徒一样，违背医生的告诫，没有叫救护车来。抽血送到医院化验后，针对性地用了抗生素。当夜就退烧好转。

有过这样的经验，我们拒绝转院。对于一个身体没有任何疾患的老人，这种经验多次重复使用，终有回天乏术的时候。

此刻，由于肢体关节的全面老化，父亲无法动弹。他像一块沉重的黑檀木，静默无声。护工把他放在床上，不注意，一只膀子放在身子底下，这只膀子就被身体压迫一夜，第二天，拿出来，水肿。把他的手放胸口，就一直在胸口，除了眼睛在转动，有尿液排出，整个人没有动静。

有时候，我站在床尾，以为我要走，他的喉管发出人为的清理嗓子的声音。多么熟悉的声音，像是冬天，他从门外的风雪中回来一样。他在告诉我，他还活着，不要离开他。他身体上多个器官渐次退化，长期卧床导致的肺部感染，每一分钟都在承受活下去的煎熬。

　　如果鼻饲流质的时候，他的表情没有变化，我会继续喂下去。如果有轻微反应，就停止动作，过一段时间再喂。

　　我无法猜测他身体的需要，喂少了，营养不良，瘫痪的老人吸收能力下降，要补充动物蛋白。常规喂食，又担心他难受。每天，把一个苹果兑热水，打成一杯流质，喂两次。

　　连续两天的细心护理，父亲终于从昏迷中醒来。现在的体温是37.5度。我看着温度计，不敢相信自己的眼睛。而且是在酒精擦身、冰袋、药物已经停止的情况下。担心他没有力气夹住体温表，量得不准确，我用手扶住温度计，再量一遍，还是37.5度。悬着的心终于落下来，估计他还能熬过一段时间。

　　他的眼睛睁开来，注视着我，却是空洞的，好像什么都没有看见。我喊他，爸爸，看看我是谁。过去，他会说，你是我女儿。现在，他什么也不说，什么也看不见的样子。我知道，他的听力还没有退化，告诉他：我知道你重男轻女，但我依然爱你。他的喉管没有声音。但是，他一定听见了。

小时候，父亲从学校借手风琴回家。他站在房间拉琴，《三套车》，小苡表姐伴唱。他们反复唱这一首歌，我就学会了，心里默默跟着唱。现在，我把手机打开，给他听这首歌。他的头缓慢移动，转向发出声音的这一边，他在看手机，他一定奇怪，这个小东西怎么会唱歌。他的小苡在遥远的L城关心着他，他是不是又看见了小苡表姐唱歌的样子？

什么时候算是临终呢？只要不停止喂流质，物理降温，吸痰，他就能清醒，睁开眼睛看我。听安德烈·里欧，他会流泪。希望美妙的音乐能够唤醒他，减轻他的痛感。

我密切注视着他的变化，捕捉临终或是好转的时刻。有时，一些液体从气管冒上来，他咽不下去，吐不出来，闭眼，咬紧牙关，脸部痉挛。

这个时候，我飞快地把一次性吸痰管插到机器里，通电源，试图把吸痰管伸进他嘴里。但他嘴巴本能地咬合，力气很大，扒不开。这些液体只有三个去处，食管、气管、口腔。等他稍后张开嘴巴，我再设法吸出来。这个时候，液体已经不在口腔。

中午，我用长棉签从他微张的嘴里掏出一缕黄色浓液，再用卷纸飞快粘住，手伸进嘴巴拽出来一大块。我站在父亲的床边，用这些物理方法来减轻他的痛苦。他终将一死，只是迟早，谁也不能逃脱。只是希望这个苦难的过程减短。现实是人的体质越好，这个过程越长。

有些老人从大医院转来。家属对院方提出不要喂食，一两天，抑或三五天，老人辞世。

据我的长期观察，这样的临终是民间的、普遍的。我不想穷究这些老人的死亡，也不关心他们的死亡。死亡是一个自然现象，就像花开了、花谢了。我只关心他们死前有没有痛苦，怎样才能减轻临终人的痛苦。民间千百年来，这样的死亡很正常。饥饿是痛苦的，饥渴也是痛苦的，临终前的三五天或是一两周，临终的人会有饥饿和饥渴吗？他们的肉体会感到疼痛？他们真的什么也不需要？

我必须随时做出选择。对于一个不懂医学、不懂死亡学的人，死亡一定是一门科学。人类对死亡的恐惧与藐视，延伸到这里，其实是一种逃避。很少有人愿意坦诚地说说关于死亡的经验。我在学生时代，能轻易地在同学的书包里找到《妇科临床》，这是关于女子的身体机能、生孩子的机能、一本生的学说。

可是死亡呢？每个人都要经历的最后一段路。这段路有时候短，有时候长。我们别无选择。就像我们哭着来到这个世界一样，别无选择。

圆寂的和尚能够选择自己的死亡。他们知道大限临近。他们盘腿坐在缸里，有肉体的痛吗？我这个俗人，总是惦记别人肉体的痛，我以为，精神的痛可以自我救赎，可以化解；肉体的痛，无处可逃。死亡之路荆棘丛生。

问过不少中外医生，没有疾病的健康的人最终要怎样去死？医生耐心地跟我解释各种身体器官衰竭的症状，死亡的过程。这些医学过程帮不了我的父亲，他躺在那里残喘。其实，我应该问的是怎样才能缩短父亲的死亡之路。确切地说，是哪些药物，能帮助他无痛苦死亡。但是，我找了很多潜台词，还是说不出口。

看过一个视频，渐冻人安乐死。这个中年男人，穿着花格衬衫，他和妻子坐在沙发上。医生，律师，母亲，朋友陪伴。他能走动，自己端着杯子。律师两次问他，死亡确认。明确表示后，医生把一杯毒药递给他。他喝尽。这个时候，还能反悔，有解药。他没有反悔。他在妻子、母亲、朋友的注视下离开。他穿着得体，死得淡定、有尊严。他的妻子和母亲回忆起他的时候，是作为一个男人的美好形象。

汉武帝有一个宠爱的妃子李夫人。李夫人育有一子，被封为昌邑王。李夫人身体赢弱，委顿病榻，日渐憔悴。武帝惦念着她，前去寝宫探视。李夫人为了留给武帝一个美好的回忆，拒绝见面。武帝不解，执意相见，夫人蒙被道："臣妾欲将儿昌邑王与兄长托付于陛下。今蓬头垢面，不敢与陛下相见。"

李夫人死后，汉武帝伤心欲绝，以皇后之礼营葬。亲自监督画工绘制印象中的美好的李夫人画像，悬挂在宫中，瞻顾，徘徊嗟叹。对昌邑王钟爱有加，将李夫人兄长推引为协律都尉。

邻床70多岁的老人有个疼爱的小女儿。小女儿给父亲擦身，父亲拒绝。女儿说，你现在这个样子还分什么男女界限，不洗干净，尿路感染。

老人有武功，一向娇惯小女儿。小女儿考试不及格，老师通知家长去学校。父亲到了学校，直接跟老师说，我女儿考试不及格，我高兴，你管不着。

当老人的小女儿告诉我，她父亲曾经是散打冠军的时候，老人竟然张大嘴巴，像孩子一样痛哭起来。回忆过去的任何一件小事，她的父亲都会号啕大哭。这个头脑清晰的男人，时常为自己现在的样子痛哭流涕。每次女儿给他抠大便，擦洗，都使他狼狈不堪，大哭，情绪失控。

以后，在女儿漫长一生的对父亲的怀想中，父亲留给她的模样不是英武的。父亲躺在床上不堪回首的样子，是父亲最不愿意留下的。

军区总院院士，国际著名肾病专家癌症晚期，不能工作后，80多岁的老人不愿意躺在床上被摆布。不愿意浪费医疗资源，跳楼自杀。如果能有安乐死这个选项，一定会有很多困顿的、煎熬的、痛苦不堪的人选择它。有尊严地死，死得坦然、淡定。死后，留给亲人美好的念想。自杀率也会降低。

当父亲的高烧被我暂时降伏之后，病房里全是吸痰器拔出来的味道。那种高蛋白在缺氧状况下腐败之后，传播到空气中的味道。这味道浓烈，幽暗，具有放射性，呼吸久了，堵在心口。长期吸入这种味道的人，胃部苦涩地转化成了石块，堵在食道口，不思饮食。

走廊里川流不息的医护人员，溜达的老人。找到没有老人出现的消防通道，给熟识的医学教授打电话。他医术高超，给几个癌症晚期的大人物做御医多年，还有发明和专利。

简单地概述了父亲近来的状况。明确告诉他，我希望能在父亲最后的日子里减轻他的痛苦。我在寻找这种方法，我不愿意像别的老人家属那样，送到养老院，不管不问。那样，也是一条路。而且，大多数老人都是那样的归途。但我不忍心。

教授说："想都不要想，立即转大医院，养老院叫你们转院，你不转，就是对上人的不孝，所有的责任都是你的。"

我说："可是，父亲的胳膊都伸不直了，腿也蜷曲得伸不开，拉直胫骨都要断的样子，他像纸糊的人。经不起大医院的折腾。"

教授说："即使那样，你也要送。你父亲没有病被送到养老院，是你们家庭对他的一种抛弃，你们是罪人。你们应该把他放在家里面养老，病了，送到大医院，找专家好好治疗。现在还不送医，你是错上加错，你会后悔的。"

我说："瘫痪的鼻饲老人，最后就是肺部感染。大医院也没有特别的方法，大医院无非是送重症监护室，切气管。那样，倒真是解脱了。"

教授说："可以拒绝切气管。这是一个人的必经之路，别人都这样，你为什么不能这样？你跟整个社会习俗对抗，你就成了这个社会的病垢。一个不为自己思考的人就是对自己不负责任的人。"

我说："大医院不可能治疗好，浪费医疗资源，医院拿老人做消费品，把各种医疗仪器消费一遍。老人承受的痛苦更深。也许，还没有做完各项检查，老人就挂了。"

教授说："这就是他的命，他必须经受这个过程，他一辈子吃了多少动物的命，现在，要他承受。我们吃素的人，不会受这个难。他在为他过去的所作所为赎罪，赎完才能死。"

在餐桌上，我亲眼见过教授吃肉。牛排，烤鸭，猪蹄，他吃得最多，吃得大快朵颐，大腹便便。我想挂电话，出于礼貌，忍住了内心的愤怒。

我说："我不想父亲被医疗器械折腾死，我只想减轻他现在的痛苦。是少喂食，多喝水吗?"

教授说："我们正常人都吃一顿，他这个样子还吃那么多顿，他的消化系统退化了，一天吃一顿足够。现在社会，真理只是掌握在少数人手上，大多数人都是盲从，真理到底是怎样指引我们的思想，他们一窍不通。"教授义愤填膺地开始抨击现实。

我知道，教授没有一句话能帮助我给父亲减轻痛苦。他不关心没有价值的人，他只关心自己的形象。他试图给人洗脑，然后膜拜他。在我们通话的第二天，父亲就离开了。我是在父亲离开后，从别的作家发来的文字中知道，吗啡可以减轻死前的痛苦，还有大麻等药物。

我不要传统、伪道德、伪权威、既定的人生程序。我只要帮助父亲减轻痛苦，他肉体的痛，就是我心里的痛。在他还能被扶着走几步路、还能自己吃饭的时候，他就两次告诉我，他不想活了。他眼里的淡定、决绝，叫我彻悟，长寿是辱。

我亲眼见到邻床瘫痪的那个30多岁的脑梗男人，由于没有家属在身边，他一天中多次被一口痰液呛住的悲惨情景，液体顺着嘴角流到枕头上，他脸上的肌肉痛苦，挣扎，我心里难受极了。每天早上，见到他母亲来给他喂食高蛋白食物，擦洗，换尿布垫子，我就忍不住说：他需要药物治疗。他母亲说，他这种情况治疗不会有结果。在院方的多次要求下，才把他转到住院部。我给他准备了几盒沐舒坦，还没有来得及交给他母亲，两天时间，他就死了。死亡这样快，不经意间，给我们留下遗憾和缺失。

死亡的味道从父亲张着的嘴巴里吐出来。所有世间的食物似乎都染上了那种味道。我不能进食，连水都怕喝。母亲已经很久不能吃东西了，她的胃难受，堵得慌，她怀疑自己的胃出了毛病。她每天都要去养老院，每天都不放心。我撵她回家，我说，你还不走，趁早凉，赶快回家歇歇。她手里拿着喜欢的栀子花，走在长廊，遇见护士，给她两朵，嗫瑟的样子，我丫头来了，我回家歇歇。

护理部主任张文华，她明亮的大眼睛像孩子一样闪光。我去打开水回来，看见她有力地给父亲拍背，那么专业，把肺部的痰液从肺里拍上去，然后，再吸出来。她不是做给家属看的，她做她的职责。她把父亲肺部的痰吸出来的时候，我是多么感激她。父亲走的那个下午，我准备了一包栀子花给她，一再地向她表示谢意，拥抱她。那个时候，谁能减轻父亲的一点痛苦，我都万分感激。

一边奋不顾身拯救父亲，一边盼望他睡过去。那么深地怜悯他，那么痛地希望他早点离开。理性希望这种煎熬尽快结束。感性总是站在理性的上风，支配我所做的一切，延长这种煎熬。我在这样的分裂中，焦头烂额。找不到一条路径，能使父亲没有痛苦地死去。小时候，父亲带我骑自行车去紫金山探路，寻找路口。现在，我帮父亲寻找死亡之路的路口。可是，不懂医学的我，在死亡面前懵懂无知。他死得这么艰难、漫长。我所有的帮助，都在延长这种漫长。难道，真的像民间惯常的那样，任由他躺在那里，不管不问，饿几天，自然走了。这样，是人性还是非人性？无助的时候，想一个人静静地哭一会儿，为所有苦难的、布满荆棘的死亡之路恸哭一会儿。

冬天的时候，别人晒雪景，那么美，是别人的冬天。春天的时候，别人晒老树发芽，晒花，那是别人的春天。我的心里没有春花冬雪，只有躺在床上，任护工处置的父亲。

初夏的黄昏，天黑得晚了。我被死亡的味道裹挟，驱车去了一趟江宁的谷里，看薰衣草，大塘金的雏菊。啊，原来天空可以这样洁净，自然这样美。有些感动，站在湖边，心里还是惦记着父亲，想着他粗重的喘息，罪恶感升腾。往年，都是和父亲一起盼望春天，看花开花落。父亲在发烧，我还有心思来看薰衣草，罪过。写了几句话，配了漫山遍野的薰衣草图片，湖边的雏菊，贴在微信圈：

父亲老了

老得没有力气和我们在一起

老得握不住一方手帕

喉管像锅底煮沸的开水

徜徉在谷里的薰衣草间

如果，感到罪恶

对新生的雏菊微笑

如果，感到罪恶

那么，父亲

求你快点离开

去另一个星球

重新开始

　　刚贴上去，有人留言，两个问号，言外之意是你为什么盼着父亲早死。关心我的朋友善意地叫我删除，为了不成为众矢之的。

　　我有安定。这个时候想到那白色的药片，感到罪恶。死得快，死得短，死得没有痛苦。注射死，毒针死，勒死，吊死，金正男之死，武侠小说与民间传说中的人类的各种死法，都是谈论他者的死亡。这些死亡离我们多么遥远。最好的死，是那种老过以后，平静睡去的死。从医学上探究，他们死前，夜里独自在床上挣扎过吗？活人看到的是死后的平静。他们死前有过痛吗？

　　医学发展到今天，一定有办法减轻人类死亡之前的痛苦。我们面对死亡的时候，束手无策。死亡可以接受，不能接受的是死亡之前那个痛苦的过程。过程越长，痛苦越深。怎样通过医学介入缩短这个过程？

　　九年前，先生的母亲轻微脑梗。辗转两家大医院，由于救母心切，过度医疗，在安装颈部支架时，垮掉的血块冲击到脑部，导致全身瘫痪，最终被医治成没有知觉的活死人。

医院宣布医治无效，再治也是人财两空的情况下，被迫出院。先生不辞劳苦，动用了一切医疗资源，在众多院长会诊，宣布只能存活三个月的情况下，他没有放弃，设置了家庭病房，无菌监护。一切设备购置完毕，把母亲接回家。每天去脑科医院，来回两个小时车程，购买瓶装氧气，像液化气钢瓶一样笨重的氧气瓶，扛上四楼，供母亲呼吸。墙上贴着科学的护理方法。自己学会插胃管，吸痰、抠大便、心电图、血压监测等各种护士本领俱全。

九年了，植物人老母亲还活着。这个长寿家族的基因会因为全方位的照顾，继续活下去。背后的辛苦与付出，整个家庭生活质量的降低，生活重心的偏移，活死人拖死大活人的案例，不是几句孝道的话能概括的。

为什么我们如此惧怕死亡?! 我们极力挽留的是什么？我们在伪孝道的挟持下痛不欲生。我们承受着，还将继续承受下去。

汉代贾谊的《新书》界定为"子爱利亲谓之孝"。《尔雅》说："善事父母为孝。"东汉的许慎在《说文解字》中解释："善事父母者，从老省、从子，子承老也。"许慎认为，"孝"字是由"老"字省去右下角的形体，和"子"字组合而成的一个会意字。从这里可以看出，"孝"的古文字形与"善事父母"之义是吻合的，孝是子女对父母的一种善行和美德。

《孔子家语·六本》篇里记载这样一件事情，曾子犯了小过，父亲曾皙一怒之下用锄柄将曾子打昏。曾子醒后向父亲赔罪："向也参得罪于大人，大人用力教，参得无疾乎？"曾子遂回房弹琴练歌，好让父亲听见，知道他挨打后没有受伤。孔子知道后生气了，孔子教育曾子说："今参事父委身以待暴怒，殪而不避，殪死既身死而陷父于不义，其不孝孰大焉？汝非天子之民也，杀天子之民，其罪奚若？"

伪孝道把长辈对子女的权利上升到无限高度，没有约束，子女必须臣服长辈的一切意志。不然，就是不孝。孔子认为父母的子女是天子之民，非父母之私有。我们在巴金的小说《家》里可以看到封建礼教对人性的迫害。"孝"不是没有原则的诚服，膜拜，犬儒主义。巴金的小说，对所谓孝道进行了揭示和批判。

我时常反思，为什么在养老院，我们愿意去帮助那些和我们没有一丝血缘关系的老人。给患肝癌晚期的工人陈大爷提裤子，系扣子，陪他聊天，回忆他这一生最大的遗憾。给医生邵爷爷喂饭，像照顾父亲一样持续照顾临终的他们。父亲在养老院夸我最讲孝道，其实，我做的这一切不是孝道。而是悲悯，是一个生命对另一个生命的本能的眷顾。

孝道是针对有血缘关系的家族，长辈。悲悯是建立在人人平等之上的一种对他者怜悯的情怀。如果人与人没有平等这个先决条件，我所做的一切都按照所谓父子、君臣来判定，我的行为将被世俗界定的模式所唾弃和嘲笑。

悲悯是向外的，扩展的。抛开生命个体的平等、独立的人格与精神，倡导晚辈必须臣服长辈的意志，这是奴性的，是对人人平等的瓦解。国父孙中山早年革命就倡导国人要平等、博爱。中国革命的成功也是建立在无数先驱的革命理想之上：平等、民主、自由的新中国。

平等与悲悯，对全人类的爱，才是世界和平共处的良方。

英国经济学家凯恩斯有句名言："从长远看，我们都已死去。"凯恩斯没有孩子，是同性恋。当然，他有过妻子，俄国芭蕾舞演员莉迪亚，莉迪亚流产了，他还是没有孩子。哈佛大学历史学教授尼尔·弗格森认为，凯恩斯没有孩子，信奉自利哲学。埃德蒙·伯克有很多孩子，相信会持续很多代人的社会契约。

从长远看，凯恩斯个人觉得自己已经死去。因为，他个体的基因随着他生命的消亡，不复存在。而有孩子的父亲，会觉得自己的生命被孩子承续下去。他的基因传承了。

盛开的花瓣绚丽，掉落在泥土里，失色，枯萎，春雨化作泥，转换成元素，滋养新的花瓣。一朵盛开的花，何尝不是另一朵凋谢花朵的今生。

吊兰这种植物一年生长下来，叶子发黄，老化，残破，失色，失去观赏价值。来年春天，把吊兰连土倒出来，花盆的内部，布满了肥硕的肉质根块。根块组成了花盆的造型。切割掉大多数根块、老叶，用新兑的土壤，留下嫩芽，重新栽种。几场春雨，旧的吊兰又复生了。一样的基因。

蜉蝣一生中，近三年时间都是幼虫，生活在河流底部。性成熟的蜉蝣，脱掉了幼虫的外壳，浮出水面交配产卵。蜉蝣为了把基因传给下一代，不惜一切代价交配，产卵。三个小时后死去。蜉蝣生命的意义就是为了把基因传播下去，使得世界丰富多彩。

动植物界这样，人类社会呢？挽留。人性。肉体痛苦煎熬的挽留，也人性吗？活人把一具没有思维和感知的皮囊通过医疗器械、药物、鼻饲、吸痰、抠粪，神一样供养着。这种循环对谁人性？患者？家属？还是大宇宙的视角？

宇宙万物这样神奇，更替。站在小我的视角，对一个枯萎的生命的无意义挽留，并使得这具破损的生命更加破损，承受更多的苦难，是人性还是对自然的抗拒？死亡和生一样正常、自然。为生喝彩，为死亡庆典。

父亲最终还是离开了我们。他比护工估计的晚了12个小时，比我估计的早了几天。如果不是先生的介入，护工的估计是正确的。我们驱车去西天寺火葬场的路上，长长的车队，因为等红灯，走走停停。守灵的男子们在车里打呼噜。母亲依偎在他们身边，轻松得像个少女，开心地唱出了歌。我们需要庆典，父亲也需要。他的肉体不再备受折磨。当我们回忆起他的时候，不是木乃伊一样的皮囊，而是有知觉的伟岸的汉子。

当父亲熔化成一袋骨灰的时候，死亡的味道消失了。弟弟看着怀抱里的骨灰，低声告诉我，是热的。母亲伸手去触摸。瞬间，我感觉到父亲复活了，他像木炭一样地干净、木讷、轻灵。我对在场的亲友说，我爱父亲，我爱你们。我爱所有对世界怀有善意的人。让我们像父亲一样，心怀慈悲、善念。这是人类的永生之父。

司仪把骨灰放进骨灰盒之前，我想一个人静静地打开装骨灰的红袋子，看看父亲现在的样子。哪些骨殖是他的大长腿，哪些是头骨，哪些是他的大手。看看这个一辈子不知道功名利禄的汉子，他的骨殖是否会有舍利子。

丧葬一条龙服务的那个虚伪的家伙一定会阻止我这样做，以我不懂丧葬规矩的名义。在父亲的告别仪式上，我们家属站在墙边，和各位来宾告别，堂兄与父亲情同父子，他携堂嫂走来，我把他们拉住，站在我身边，被一条龙的家伙以非亲属名义赶了出去。丧礼一条龙服务，说穿了就是花钱请人摆布自己，在亲人的离别现场，被一个陌生的以各种礼俗为名义的骗钱人戏弄。

鉴于之前对堂兄的驱赶，我眼睁睁地看到司仪把装骨灰的袋子放进骨灰盒，而没有机会打开细看。骨灰是松散的，我捧着父亲的遗像，听到司仪用劲把骨灰摁紧的沙沙声，那是父亲的声音吗？那种声音就像把木炭摁碎了一样。

无论是社区、派出所、殡仪馆、墓地，一切有关对死人的服务，相对于我们惯常的认知，是颠覆的。人死后，去社区开死亡证明，销户口，火化，下葬，没有任何人为的羁绊、阻拦。

栀子花还在开放。父亲在世的时候，我只是早上收一篮子。

现在，晚上也开了。晚上的栀子花收回来，插在花瓶里，闻闻香味，基调，复调，一场嗅觉的盛宴。死亡的味道消失了。

母亲要我把父亲那些破旧的古籍拖走，我还没有做好接收的准备。

已经几夜未眠，从墓地回来，抽筋，瘫软在父亲的床上。父亲安葬在祖父母身边。他不再让我牵挂。有些轻松，失落，竟然觉得自己不再完整，残缺。时隔半年，父亲走的时间和姑妈一致。姑妈一生修行，她现在可以天马行空。可以用一场倾盆大雨，在干枯的 M 城，迎接她刚下飞机的孩子们。这半年里，姑妈时常来找父亲。她会带父亲去一个美好的星球。

宇宙是扁的，星空倒挂在苍穹下。想起父亲，打算去墓地看看。黑暗像烟雾，越来越浓。一个人，穿过一座城，去那么远的地方，那么多墓碑，逝者、罅隙、盗墓这些词，路过怎样的人，黑暗世界里的无尽想象，慌乱地跑出来围剿。找电筒，找会打架的小表哥陪我一起去。

堂叔打电话来安慰我：你是父亲生命的一种延续，父亲一定希望你能好好地活着，而不是像现在。现在，我不能进食。去西天寺的路上，牙龈开始出血，溢满了口腔，咸咸的液体不断涌出。感觉牙齿都要脱落了。父亲走后，脑海里轮番上映他最后的影像。每时每刻，翻不过去。我在检讨自己，为什么没有给父亲使用吗啡、大麻抑或其他药物？夜幕降临，开始担心，有人盗墓，把他带走。任何时间出门，身不由己，朝墓地方向。好像全世界，只有这一个地方可去。

父亲去世后的四七那天，死亡的味道渐渐消退。翻开手机图片，又出现他最后的影像，强化着他去世的记忆。记忆是脑细胞还是脑电波？缺乏肉身依附的意识存在于宇宙哪里？肉身短促的一生成就了意识，还是永恒的意识重新降临。浑然，伤心阵阵，颤抖，攫住了我。之后，理性强制把这些影像一层层深埋。

父亲活动的、拉琴的、解题的、骑车的、爬坡的、因为观点不合操起板凳砸我的影像一一浮现。有些恍惚，好像父亲就在身边。想不起来，他到底多大。哪个时空的父亲才是真正的父亲。父亲真实又虚幻，他高大的背影，身着浅咖啡西服，在雨后，那些濡湿的、栀子花香，难以捕捉，又不时浮现的各种草叶的味道中间穿行。

不经意间，角落里伸出一朵茉莉，悄然绽放，味道清幽，洁净。散发出一缕羞涩的香味。当你凑近嗅的时候，越近越难以捕捉，仿佛是洛丽塔从长满青草的花园跑过。

清晨，就这样站在花台中出神。有些糊涂，父亲有没有死去。他死去的过程在满园茂盛花木的遮蔽下，开始淡化。他活着的镜像从园子里复苏，清晰。一朵粉色的月季正好盛开，如此娇艳，花瓣蓬勃。这喷薄的生命和死亡正相反，这是少年的生命，是父亲的化身吗？真好！一定是父亲，这样呈现给我。

2017.6.9　初稿

2017.12.7　终稿

附一：生活的姿态

白描

《天年》记录了养老院里14个老人的最后时光，他们的临终过程。死亡是我们不愿意面对的话题，死亡是痛苦的，正如作家修白所言："我在这里寻找的是那有欢乐的死，如澳大利亚科学家古多尔的死亡。"

死去是他者的，活来是我们的。我们每天热火朝天地奔波在活着的路上，拒死亡于千里之外，其实，死亡是每个人都无法逃脱、需要面对的。民间的死亡文化以号哭和悲伤为主调，给死亡蒙上了悲剧色彩。其实，很多时候，死亡是一种告别、回归和解脱。现实生活中，人类从恐惧死亡到逃避死亡，是一种世俗的惯性。死亡为什么不能像生一样，既有欢乐，也有痛苦。出生被欢庆，死亡被诅咒。

死亡文化在人类文化中有着某种异化。这种异化，来自于对死亡的恐惧。生活失能的老人，不可逆转的失能才是痛苦的。为什么如此恐惧死亡？是因为人死后再也不能复生，不能有为。既然这样，我们为何不在活着的时候有所作为，活得有所姿态？

了解了死亡的绝望，才能更好地面对生活中的痛苦，战胜痛苦并在痛苦中找到欢乐，找到生活下去的勇气，向死而生，一日一生，才是生活的态度。讨论死亡，就是讨论生活的态度。人在有限的生命中活得更精彩，更有意义。真正意义的死亡，是一个人死后没有什么能带走、也没有什么能留下。而那些为人类进步做出贡献、为他者留下什么的人并没有真正地死去，他们的文化、科技遗产一直被后人享用、流传。即便什么传承也没有留下，至少可以给亲人、朋友留下爱与思念。

现在的人缺乏生活的姿态，没有自己独立的思考，成了物质的傀儡，终究还是要有一死的。这种死亡是恐惧的、可悲的，是其动物性的死亡，而非人类的死亡。其实，讨论死亡，就是讨论人生的根本之道，讨论生活及怎样生活得更加美好。

《天年》生动记录了九个老人的最后时光，独特的视角，切合社会的现实观照，令人警醒。

附二：中国缺少死亡教育

赵瑜

前几天，读了修白纪念父亲的文章，她的父亲刚刚离世。她父亲的身体几乎没有任何疾病，因为年纪太大，行动能力消失，而后躺在了床上。子女们将老人送到了一个有着24小时专业护理的养老院里，一住就是三年。

修白记录父亲的衰老过程，由一开始头脑清醒，到渐渐意识模糊，再到最后，已经处于昏迷状态。

这三年中，修白时常去养老院照顾父亲，送各种精心搭配的食物，春夏秋冬，养老院是她生活的重心。在父亲弥留之际，她整日站在床边观察，随时帮助父亲吸痰。看着父亲每时每刻都活在痛苦之中。

她希望父亲健康地活着，然而，她一天天地在养老院里看着父亲陷入肉体的痛苦之中。因为发烧而造成的意识模糊，因为不能动弹，夜晚，胳膊被护工压在身体下面，她白天去把父亲胳膊拿出来，发现血液不能流通造成的肿胀。父亲自身决绝离去的意念，肉体所承受的痛苦，使得她真的想让父亲能早一些走，好摆脱这一世的苦痛，去向另外的自由的世界。

"不看见，怎知那肉体的苦痛。人的婴儿期与晚年境，需要他者的扶助。"修白说过。当修白在自己的微信朋友圈里发了一首诗，希望父亲能早些摆脱病痛的缠绕，能到另外的世界去享受属于他的自由，却受到了不少朋友的批评。因为修白的思想冒犯了中国传统的道德。

其实，生活真实中，修白是最具有悲悯情怀的人，她对所有的生命都怀有敬畏之心，何况自己的父亲。她知道父亲每一分每一秒的痛苦，但是按照中国传统道德的要求，他们必须尽量多地花钱，靠机器维持父亲的生命。

所有那些针对子女的道德要求，也绑架了中国更多的人。包括病在床上无法选择死亡的父母亲们。

说到底，在一个没有信仰的语境下，我们缺少对死亡的认知，缺少临终教育。人都是会死的，不论是因疾病到访还是自然衰老。所以，一个有着正当价值观的人，应该正常面对死亡。我个人坚持的观点是，面对一个根本无法治愈的肉体，不过度医疗，就是一个正当的态度。然而在中国当下，却几乎是不可能做到的，因为传统道德绑架了病人的子女，那些家境小康的人家，因为一场疾病，差不多便从中产到了底层，这样的故事，每一天都在各大医院发生。明明知道花很多钱受很多罪也治不好，却仍然非要去做，最后家破人亡。这不是孝顺，是愚昧。因为，这些人狭隘地理解了人性的善意，认为必须让亲人死在医院才能堵住邻居和亲戚的嘴。最后落得一个"孩子们挺好的，房子都卖了，为了给父亲治病"的评价。而这种廉价的评价其实正在破坏日常生活，既让子女们为了道德评价丧失了经济的自由，又让病人陷入医疗的试验场中，肉体被医疗器械破坏后再死去，远不如和子女们出门旅行一次更符合人性。

修白的文章，让我想到了琼瑶女士在 2017 年 3 月 12 日在自己的脸书发的一篇长文。她对自己的儿子和儿媳交代了她的生死观：无论她将来生什么重病，都不要动大手术、不送加护病房、决不能插鼻胃管，各种急救措施也不需要，只要让她没有痛苦地死去就好。

琼瑶女士的声明也在中国大陆的读者中引起了强烈的反响。作为一个有可能在不久的将来进入医院抢救室的人，琼瑶女士用自己超越狭隘生命观的认知给中国人进行了科普，生命并不是因为长短而有差异，而是以在有限的生命中活得自由、不痛苦为标准。

如果一个人插着胃管，昏迷在医院里十年，最终离开。我相信，意义是呈现病人的痛苦。所以，我觉得，在一个人能决定自己生命结束的时候，琼瑶的做法给了我们很多教育。

前几日，我看了一个美国（并不确定，但大概是）渐冻病人申请安乐死的视频，视频记录了生命关怀机构和病人签署了安乐死的协议，并在病人妻子在场的情况下让申请人喝下了安乐死的毒药。视频很短，却看得人难过，又感情复杂。

在新浪微博的评论中，不少中国人表示不解，认为，明明这个病人看起来还很健康，不应该这么早就死亡。

我并不否认这一认知的合理性。说到底，我们还是要了解死亡意味着什么。如果我们了解到的死亡是一种解脱，是结束痛苦的方式，那么，自己选择死亡方式，便成了道德关怀。不然，帮助别人自杀，何尝不是一种犯罪？

　　生命是每一个个体最有价值的表现方式，这应该是我们谈论死亡的共识和前提。那么，如果一个生命没有信仰，势必会为了活命而不惜一切代价。所以，才有了道德的约束和法律的规训。

　　我们为了活得更好并不意味着有权利伤害别人，在这样的文明教育中，生命渐渐有了各种自觉。而这也是生命价值的体现。一个没有生命自觉的人，其实不过是一个工具、一个没有编号的社会零件。而一个有了生命自觉的人，才进入文明的排序中，生命自觉包括专业领域系统的知识，包括对世界的见解，包括和其他人的碰撞，也包括影响其他人。这所有来自文明系统的意识都会让一个生命形态有更高的自我约束，甚至有了信仰，或者生命哲学。这样的个体不会绑架别人，会超越道德，而这样的生命个体应该有更为宽阔的生死观。

　　我个人更认同琼瑶的生死观。作为一个公众人物，她的选择，会给不少人提供标本，提供了道德扩容的价值，让所有对死亡有恐惧或者有疑惑的人，看到她的观点以后，有开朗感，原来生命还可以这样决定，原来我们自己也可以做出超越世俗的决定。

　　我觉得，中国需要死亡教育。这不是医院的临终关怀课，而是让一个成年人，在成家的时候就要意识到，疾病和意外会随时夺去我们的生命，也有可能随时面对长辈的重症疾病和意外，而我们应该有接受死亡的能力，我们应该珍惜活着的每一天，这样，当我们面临死亡的时候，才会有超越道德的能力。

　　道德绑架下的中国人对待亲人呈两极分化的态势，尤其是在乡村。在乡村，家族旺盛的人家，他们宁愿倾家荡产，也要给自己的亲人看病。另一种是经济破落和家族势力较小道德压力较小的族群，基本上是强迫重病的亲人自杀，或者直接赶出家门，让重病的亲人流浪在外自生自灭。

　　这两种做法，都是病态的、反人性的。想要改变中国大面积的道德窘迫，除了政府公费医疗之外，还要鼓励所有的民众建立信仰，让心灵有所依靠。

后　记

　　这是一篇非虚构的文字。记录一些小人物临终的各种死亡，他们与亲属的最后关系。这些关系形成了社会关系的一部分。虽然微小，却是一个时代群体的真实样貌。人在出生的时候，有欢喜，也有悲哀。而死亡，几乎没有欢喜。我在这里寻找的正是那有欢喜的死。

　　104岁的澳大利亚科学家古多尔，获得过澳大利亚荣誉勋章，有3个博士学位。他担任过30个生态系统杂志的主编，102岁还在写论文。2015年，他独自野外旅行1800公里。2018年5月，他按照自己的计划，去瑞士接受安乐死，2018年5月9日，他穿着"衰老不体面"字样的衣服，宣布次日在当地的一家诊所接受安乐死。在全世界媒体的镜头前，老人用德语高声歌唱起来："欢乐女神，圣洁美丽，灿烂光芒照大地！"这样的自主的死，在亲人的陪伴下，是欢喜的死。

死亡的绝对公平是这个世界唯一能给我彻底温暖的东西。我几乎是沉醉并享受着死亡——这一直令我恐惧着的东西（陈原）。这样的死，有如一道微光。正如一个作家死而复苏后的第一句话：生不如死。

衰老不可逆转，衰老对肉体的掠夺，如流水冲洗指缝间的细沙。一具全面坍塌的身体，如废墟。清理，重建。向死而生。

我在养老院三年见证的死亡，过程痛苦。而老人古多尔的死亡是没有痛苦、人道的。我的父亲却没有这样的幸运。他93岁的年纪，想死，却死不了。在《死亡的味道》中，我记录了父亲漫长的死亡过程，这过程令人崩溃。

父亲住养老院初期，他渴望逃离。当逃离无望的时候，他一再表达对死亡的渴求。养老院有一个共同的景观，每张床铺的边缘，那些弯腰忙碌的身影多数是老人的女儿。这些老人的家庭，多数是女儿在伺候老人。老人却顽固地认为女儿是外人。这是他们痛苦的根源，一个奇怪的悖论，也是民间普遍的习俗。这不是血缘和条规能解决的问题，是社会学家研究的范畴。这些老人认为的"外人"在承担着人类的善与真，悲悯与眷顾。她们质朴的情感，像泥土中的谷物，滋养着那些临终的老人。正如托尔斯泰所言：幸福的家庭都是相似的，不幸的家庭却各有各的不幸。

在养老院，刘大爷临终前跟我们诉说他一生的遗憾。他的遗憾实在出乎我的意料。他劳作了一辈子，可以安享晚年的时候，却患了肝癌。而困扰他的遗憾不是癌症，而是文盲。德高望重的院长郜爷爷，他躺在被尿液浸透的床垫上，跟我描述他曾经有过的家。天津的、北京的、土头城的家。这些家都与他没有关系了。他在养老院等待临近的死亡，等待老伴和小田姑娘的到来。只有老伴和小田来，他尿湿的床垫才能换掉。他的眼神，宁静，认命。

阿梅姐的负重，小田姑娘的多情、烂漫。这些人，像影子一样在我面前流动，汇合成一个舞台。这些死去的老人，他们临终的生命消失，却在我的生命中残喘。我把这些残喘吐纳出来，变成文字。如今，在养老院伺候父亲的女儿们，与父亲阴阳两隔。她们和我一样，不再去养老院，散落在这座城市的某个角落。而我，以这本书，把他们聚合在这里，重现昨日的场景。探究他们幸福与不幸的根源。

夏教授到了临终才觉醒的忏悔，是晚年生命的一次追悔莫及。一个人，通过阅读别人的生活史去觉悟，便少了这样的追悔莫及。这些，不是我写这本书的初衷。养老院三年中，我亲历了老人的各种死法。人固有一死，我们很少去探讨死亡的话题。我在父亲临终的那段日子，心里期盼他尽快结束残喘，而我的所为却在延长这样的残喘，痛不欲生，严重分裂。找一个朋友倾诉，他说，你写下来。于是，就有了《死亡的味道》（见《天涯》2018年2期）。这是一种活下去的方法。我们面对死亡的时候，试着用理性去解剖死亡。用大自然的轮回去看待生命的轮回，我们对生，又有了新的认识。

作家姜琍敏有一篇文章《活下去，还是死亡》中，谈论了他的生死观。而他自己的亲身经历，只字未提。他的夫人跟我说起过他濒临死亡的过程，一个作家如果把这个过程记录下来，一定比实验室医生的记录更生动。濒临死亡后又起死回生，这种在小说家看来富有戏剧性的过程，对生命，却是一个残酷的过程。当他降临到一个作家身上的时候，未尝不可说是上天对这个作家的眷顾。虽然回望痛苦，但是正因为这样的回望，对死亡的恐惧才能减轻。我们在死亡中学习和认知了死亡，我们对死亡的恐惧来自人死不能复生的绝望，既然这样，我们为何不在活着的时候有所作为。其实，讨论死亡就是讨论生活的姿态，以及怎样生活得更加美好，不枉此生。

我写这些老人的死，写一次，自己死一次。每天写完一段，要找一本有趣的书来缓释这种压迫。这些有趣的书是鲁迅直译的《苦闷的象征》、米兰·昆德拉的小说集《好笑的爱》，还有毛姆的《面纱》。这些别处的生活，以图像和书本呈现的时候，他者的世界一下子介入到我的生活中来。这种介入，在帮助我们找到生命中的细微欢乐。这些欢乐形成的巨流，抵御着死亡的恐惧，更清晰地领悟生之意义。这是写这本书的初衷吧。

2018.12.6

图书在版编目（CIP）数据

天年 / 修白著. -- 北京：作家出版社，2020. 7

ISBN 978-7-5212-0974-7

Ⅰ. ①天… Ⅱ. ①修… Ⅲ. ①纪实文学 – 中国 –当代

Ⅳ. ①I25

中国版本图书馆CIP数据核字（2020）第083259号

天　年

作　　者：修　白

责任编辑：兴　安

封面章草书名题字：溪　翁

装帧设计：左　心

出版发行：作家出版社有限公司

社　　址：北京农展馆南里10号　　　邮　　编：100125

电话传真：86-10-65067186（发行中心及邮购部）

　　　　　86-10-65004079（总编室）

E-mail:zuojia@zuojia.net.cn

http://www.zuojiachubanshe.com

印　　刷：玉田县嘉德印刷有限公司

成品尺寸：142×210

字　　数：150千

印　　张：6

版　　次：2020年7月第1版

印　　次：2020年7月第1次印刷

ISBN　978-7-5212-0974-7

定　　价：39.00元